PLANETA AVA

GLAUCO RAMOS

PLANETA AVA
UMA GOTA DE ORVALHO NA ARIDEZ TERRENA

PARTE I

TALENTOS DA LITERATURA BRASILEIRA

novo século®

São Paulo, 2015

Planeta AVA: uma gota de orvalho na aridez terrena
Copyright © 2015 by Glauco Ramos
Copyright © 2015 by Novo Século Editora Ltda.

GERENTE EDITORIAL Lindsay Gois	**GERENTE DE AQUISIÇÕES** Renata de Mello do Vale
EDITORIAL João Paulo Putini Nair Ferraz Vitor Donofrio	**ASSISTENTE DE AQUISIÇÕES** Acácio Alves **AUXILIAR DE PRODUÇÃO** Luís Pereira
PREPARAÇÃO Lótus Traduções	**REVISÃO** Patrícia Murari
DIAGRAMAÇÃO Equipe Novo Século	**CAPA** Equipe Novo Século

Texto de acordo com as normas do Novo Acordo Ortográfico da Língua Portuguesa (1990), em vigor desde 1º de janeiro de 2009.

Dados Internacionais de Catalogação na Publicação (CIP)
(Câmara Brasileira do Livro, SP, Brasil)

Ramos, Glauco
Planeta AVA: uma gota de orvalho na aridez terrena
Glauco Ramos
Barueri, SP: Novo Século Editora, 2015.

(Talentos da Literatura Brasileira)

1. Ficção brasileira. I. Título. II. Série

15-00672   CDD-869.93

Índice para catálogo sistemático:
1. Ficção: Literatura brasileira 869.93

NOVO SÉCULO EDITORA LTDA.
Alameda Araguaia, 2190 – Bloco A – 11º andar – Conjunto 1111
CEP 06455-000 – Alphaville Industrial, Barueri – SP – Brasil
Tel.: (11) 3699-7107 | Fax: (11) 3699-7323
www.novoseculo.com.br | atendimento@novoseculo.com.br

novo século®

Dedico a presente obra a todas as crianças do mundo – incluindo aquelas já deformadas pela sua transformação em adultos – que, com sua poderosa inocência, conservam o dom de refletir no olhar a imensidão universal cósmica. Estes fiéis avatares e mensageiros da mais pura divindade, em sua aparente fragilidade, transmitem a nós alguma forma de força inefável, sustentando-nos quando nossos alicerces de adultos já se romperam.

Agradecimentos

Gostaria de agradecer primeiramente ao imaterial cósmico, o imanente que permeia todas as coisas, que temerariamente costumamos chamar de Deus.

Agradeço aos meus filhos, Arthur Andrei e Matheus Felippe, meus professores da vida, verdadeiros mestres que gentilmente fornecem luz e alegria a todos; à minha esposa Ilda, que com sua sabedoria e dedicação nos brinda diuturnamente com o mais sublime e profundo amor e entrega incondicional; ao amor incondicional da luz e da inocência de meus pais, que pacientemente emprestaram seus ouvidos para escutar e aprender sobre o aparentemente imperscrutável planeta AVA; à minha irmã Marluce, que, num ato de amor e em prejuízo de seus afazeres pessoais, agraciou-nos com seu importante auxílio na revisão desta obra.

Agradeço também ao grande e dileto amigo Walmor Macarini, jornalista brilhante que gentilmente prefaciou este volume, verdadeiro companheiro de AVA, e um homem iluminado que carinhosamente cedeu seu precioso tempo para tornar a obra mais palatável; ao amigo advogado e escritor Luciano Odebrecht, cujo brilhantismo poético de suas obras, de certa forma, inspirou-me e encorajou-me a escrever, e principalmente a publicar as obras; ao estimado amigo e apresentador desta obra, Marcos Rambalducci, legítimo *avano*, de personalidade ímpar e portador de uma inteligência brilhante, cuja disponibilidade e auxílio atencioso acenderam uma nova luz em AVA, aprimorando a obra de forma inestimável; ao querido amigo Wilmar Nienow e sua adorável esposa Vanusa Macarini, presenças constantes de carinho e atenção, mesmo quando distantes; ao amigo Alcides Marrocos de Andrade, cuja sapiência e sensibilidade intuitiva tornaram-se também uma fonte de inspiração; a todos os golfistas do Londrina Golf Clube – onde ensaio algumas tacadas –, que sempre prestigiaram as obras; em especial aos amigos Antônio Costa e sua encantadora esposa Janete Reeberg, cujas simples presenças emanam o mais doce conceito do verdadeiro amor; ao dedicado amigo e parceiro de tantas partidas de golfe Leonardo Vianna, que colaborou com a presente obra através do envio de matérias e pensamentos condizentes com o tema.

Deixo ainda um agradecimento especial à atenção sincera e desinteressada da amiga Solange Santos, personalidade doce e fiel que traz o sol em seu nome e asperge uma verdadeira alegria avana.

Enfim, agradeço a todas as pessoas não citadas cuja importância e relevância não diminuem diante da impossibilidade de nomear todos. Estas também se encontram gravadas em nossa memória e coração, e, direta ou indiretamente, fizeram e fazem parte da obra, na medida em que não existem fragmentações no universo.

A tantos e inúmeros pensadores, sábios, místicos, físicos atômicos, de cujas fontes ousamos beber, alguns mencionados nesta obra, e tantos outros não.

E a todos os leitores que, em última análise, são a razão de nossa escrita.

Sumário

Apresentação — 12

Prefácio — 15

Introdução — 18

I – O sagrado vazio — 21
O extraordinário
Experiências pessoais de Capra e de Descartes
No corpo do peixe
Bilocação
O poder da fragilidade
Rendição como portal para o imaterial
Caminho fluídico
Incorporações mágicas
Êxtase do amor
Visita do imaterial
Vazio permeador
Desobstrução
Sono profundo
Inclinação do eixo
Tolices

II – Planeta AVA — 85
Transformações constantes
Verdadeiro alimento
Passeios exploratórios
Esportes em AVA
Sinfonia de AVA
Abandono de muletas físicas e psicológicas

Pôr do sol avano
Magia avana
Intuição
Razões da existência
Entusiasmo avano
Ausência de perguntas
Ética – palavra desconhecida em AVA
Perdão natural

III – AVA EXISTE? 151
Contos infantis
Radiação luminosa noturna
Buraco do coelho
Éden
AVA existe?

O MUNDO HOLOGRÁFICO DE AVA 191

NOTA DO AUTOR 195

REFERÊNCIAS 197

*Fomos lançados pela dor a uma inédita odisseia
no vazio do nada, adentrando inexauríveis
universos e multidimensões nunca antes
navegadas. Abraçamos as doces criaturas,
outrora quimeras que nos assombraram o
espírito, conhecemos um inefável e incriado
planeta, vasculhamos suas origens, e buscamos
a compreensão no afã de saber de onde veio
e quem o criou, e eis que descobrimos que a
criação é nossa.*

Glauco Ramos

Apresentação

Caro leitor, este não é um livro para ser lido no saguão do aeroporto como um paliativo para o aborrecimento da espera. Ele precisa ser degustado, lido e relido para que se possa subtrair a essência daquilo que aqui está colocado, em grande medida, na forma de alegorias, nas quais o objeto da observação é superdimensionado, provocando uma hipertrofia proposital ao enfatizar um ponto específico, mas ligado de forma indelével a uma cadeia de eventos inter-relacionados.

É para este formato da exposição feita pelo autor que chamo a atenção – a maneira como ele é capaz de trabalhar o conceito de "complexo". O complexo é quando os componentes que constituem um todo são inseparáveis e existe um tecido interdependente, interativo e inter-retroativo entre as partes e o todo. Sendo assim, o todo e as partes precisam ser percebidos em sua plenitude para uma verdadeira compreensão.[1]

Aquele que não consegue unir o que foi deliberadamente fragmentado, na esperança de aprofundar um saber, acaba se colocando no lado oposto do conhecimento, incapaz de perceber a realidade de maneira holística, tornando-se cego, inconsciente e alienado. Esta obra se propõe a resgatar o entendimento do ser humano como pertencente a dois mundos: o

---

1. MORIN, E. *La tetê bien faite: repenser la reforme, repenser la pensée.* Paris: Seuil, 1999.

do individual e o do coletivo, do material e do imaterial, da ação e da contemplação, da vida diária e da vida plena.

A realidade de nossa vida diária é apresentada a nós como um processo ordenado, previamente arranjado em determinados padrões que nos são entregues sem que tenhamos participado de sua constituição e de sua valoração.[2] A proposta do autor é que nos permitamos levantar essa cortina e visualizar um outro mundo, com significados próprios e uma ordem que pode ou não ter relação com a ordem estabelecida em nossa vida cotidiana.

Através das experiências narradas por Hug na dimensão nominada AVA, embarcamos em um novo mundo de percepções antes desconhecidas ou negligenciadas. Lá, ele se percebe como unidade, mas dentro de um contexto ampliado, como parte de uma entidade coletiva, cujo acesso se dá quando ele volta a atenção para seu íntimo, contudo sem abandonar o vínculo estabelecido com a realidade de sua vida diária. Tal realidade, por sua vez, começa a se esvanecer, mostrando-se efêmera e tênue à medida que seu entendimento sobre a natureza das coisas se agiganta.

Aqui, Você, Agora – "AVA" – é um imperativo, um apelo à emergência de voltar sua atenção para dentro de si mesmo na busca de uma compreensão expandida da realidade. Tal possibilidade é legitimada no entendimento proposto pelo autor, onde a realidade se mostra na forma de um holograma em que cada parte, cada ser humano, possui informação do todo.

Quanto ao autor, lhes afianço que os deuses conspiraram para que as circunstâncias lhe propiciassem um grau de

---

2. BERGER, P. L.; LUCKMANN, T. *The social construction of reality: a treatise in the sociology of knowledge*. Garden City, NY: Anchor Books, 1966.

abstração que, se não é concedido a todos de forma direta, a revelação nos é oferecida nas páginas deste livro, a todos aqueles que assim o quiserem. Deixe a racionalidade de lado, permita embalar-se nos sonhos de Hug e embarque nesta aventura do autoconhecimento.

Permito-me uma última digressão: se John Donne estava certo ao afirmar que "cada homem que morre nos deixa um pouco menores, porque somos todos do gênero humano", mais certo ainda é que, quando um homem abre sua alma, deixa-nos um pouco mais ricos, porque somos todos do gênero humano. Isso é o que você, leitor, poderá apreciar nas próximas páginas.

Dr. Marcos J. G. Rambalducci[3]

---

3. Economista, administrador, doutor pela Universidade Presbiteriana Mackenzie e mestre pela Pontifícia Universidade Católica de São Paulo, diretor da Faculdade Pitágoras de Londrina, professor adjunto na Universidade Tecnológica Federal de Londrina, autor do livro *O sujeito empreendedor: por uma compreensão una e múltipla*.

Prefácio

Redescobertas da alma

Busquei desvendar o significado de AVA, mas só o encontrei no final do livro. Então, deve ficar ao encargo do leitor fazer essa caminhada e encontrar a resposta. Nesta obra, o autor narra o fantástico experimento de sua incursão pelo universo do transcendente ao ingressar em outras dimensões, um fenômeno que acontece com os mais sensíveis, não por uma deliberada decisão, mas como um *insight*: algo inesperado, que nos transporta para pontos mais elevados do Cosmo ou para profundezas abissais.

Isso tudo ocorre em estado de sono, quando o espírito se liberta do aprisionamento da matéria densa em que se encontra, e então alça voos. Ou pode dar-se naqueles momentos em que estamos semidespertos ou conscientemente acordados. Nesse estado, nos deslocamos para lugares inimaginados e ingressamos em outros níveis de consciência. Este é um fenômeno aparentemente sobrenatural para a maioria dos humanos, mas não estranho para tantos que já vivenciaram essa aventura do espírito. Em linguagem comum, trata-se de viagens de nossa essência primordial fora do corpo, que todos nós empreendemos com regular frequência; no entanto, por alguma razão desconhecida, nem todos conseguem lembrar-se delas.

Hug, o tripulante dessa viagem para além das fronteiras do conhecido, penetrou no universo de sua individualidade real ao deixar a condição ilusória desta limitada densidade tridimensional em que, por múltiplas razões apagadas da memória, ora nos encontramos.

Somos seres de luz e vivemos na luz. O estado de elevação ao qual chegamos ao nos desprender das limitações do corpo físico é um retorno a lugares por onde eventualmente tenhamos passado ao longo de nossa marcha evolucionária. O possível retorno a uma morada de mais baixa densidade – o caso de nosso planeta – não significa retrocesso, mas contingência de missões terrenas, na maioria das vezes por decisão voluntária.

A leitura de tais escritos é instigante e, ao menos imaginariamente, nos transporta para paragens celestiais que nossa memória remota guarda. Essa lembrança nos induz a visitá-las, como uma volta para casa, mesmo que de forma temporária, porém não menos revitalizadora. Deve ter sido por essa razão que a Providência Divina nos propiciou o tempo diário de dormir: não apenas para repouso de nosso corpo denso depois de árduas tarefas e por termos de carregá-lo, mas para que o espírito, liberto da fisicalidade, empreenda voos pelo espaço e vá retemperar-se nas fontes de luz, da sabedoria e dos mais avançados conhecimentos.

A fase de turbulências que ora vivemos seria o estertor de um tempo velho, em processo de extinção, e o nascimento de uma nova ordem. Mensagens reveladoras estão descendo à Terra como benfazejas chuvas cósmicas. Autores terrenos as vivenciam – como aqui descritas –, as absorvem e as difundem, sem os receios do passado. O mundo dos novos tempos vem sendo inundado por publicações que tratam desses temas transcendentais, e as livrarias e os veículos de comunicação proporcionam a sua vasta exposição e difusão.

"Planeta AVA" esparge "gotas de orvalho na aridez terrena" e reacende – naqueles de sensibilidade, que têm o privilégio de ler e entender sua mensagem – a chama da natureza divina presente em cada ser. É como um portal que se abre e nos permite penetrar nas dimensões do mistério, descortinando um vasto campo de visão acerca da realidade multidimensional e possibilitando fantásticas redescobertas da alma.

Walmor Macarini[1]

---

1. Jornalista que atua há 59 anos no jornal *Folha de Londrina*. Foi também correspondente em Londrina, durante doze anos, do jornal *O Estado de São Paulo*. Natural de Santa Catarina, transferiu-se para Londrina quando tinha 18 anos. No jornalismo, foi repórter, editor, editorialista e chefe da redação. Como escritor, escreveu um livro sobre a história da colonização de Londrina, um livro de crônicas e um manual de redação. Tem 78 anos de idade e continua exercendo a atividade jornalística. No portal Bonde tem cerca de duzentos artigos sobre temas de comportamento e esoterismo, mas não se vincula a nenhuma religião.

Introdução

Convido o leitor a compartilhar das experiências de Hug, um aventureiro da inefável, única e eterna experiência que é viver.

A viagem iniciada pelo personagem é antecedida por uma forte introspecção, por meio de um mergulho no que ele chamou de "sagrado vazio", que o conduziu ao planeta AVA, um local aparentemente distante de seu mundo e bem diferente da realidade que conhecia.

Já em AVA, Hug pôde provar de uma realidade em que o tempo não existia e, por essa razão, era eterno, e os limites da matéria simplesmente desapareceram. Naquele lugar, nem mesmo a matéria tinha solidez, pois era fluídica, e os padrões de energia, que nem sequer podiam ser vistos, tornavam-se matéria.

Surpreso, ele continuou sua expedição nessa terra distante, levando consigo somente o presente e a vontade de entregar-se àquele momento, àquele instante da existência. Aguardando, sem aguardar, o que viria a seguir.

Muitas coisas vieram. Muitas experiências cuja densidade, como uma força gravitacional, puxou a linha da órbita de sua vida, tornando-o nativo daquele planeta. Ele nascera na Terra, mas agora era *avano*.

Sua odisseia, da mesma forma que a presente obra, teve três fases, iniciando-se na sua interiorização por intermédio do vazio que se apoderou dele, migrando para uma fase aparentemente mais externa, que foi seu ingresso em AVA, para ao final retornar às calmas águas internas. Esse retorno foi um reencontro que aconteceu apenas quando Hug desapegou-se de tudo e se rendeu. Uma rendição que proporcionou a união de todas as coisas, fruto da entrega incondicional ao mundo como ele é.

Como o poeta da canção de Cazuza, Hug "foi ao inferno e voltou, conheceu os jardins do Éden e nos contou"[1] nas páginas deste livro. Então, o planeta que era distante foi se aproximando até encontrar o seu centro no coração de Hug, um coração interconectado que lhe proporcionou uma profunda experiência de amor. Intuitivamente, Hug sabia que agora estava em casa, um lugar do qual jamais partira.

O terceiro capítulo inicia-se com a pergunta: "AVA existe?", porque a obra não tem por objetivo ensinar algo a alguém, muito menos convencer quem quer que seja de alguma coisa, até mesmo da existência de AVA. Não é nada disso. Se fôssemos insanos o bastante para tentar ensinar caminhos e algum desavisado caísse na loucura de acreditar, tudo isso seria uma grande mentira, uma grande ilusão, uma grande bobagem.

Não há rotas, não há mapas, não há possíveis estradas preestabelecidas. Se isso fosse feito, o caminho se deterioraria. O ato de tentar estabelecer a rota é o que causa a sua morte. Seria como tentar auxiliar a borboleta a sair do casulo forçando uma abertura manual e mecânica de seu invólucro

---

1. Trecho da canção "O poeta está vivo", do cantor e compositor brasileiro Cazuza, que morreu aos 32 anos de idade, por choque séptico, causado pela Aids.

antes de ocorrer sua maturação – uma atitude que, com toda a certeza, provocaria a morte do inseto alado.

A pessoa deverá iniciar sozinha o voo a caminho da galáxia que abriga AVA, e sua única companhia será a sua própria existência. Quando a altura estável de cruzeiro for alcançada, todo o universo se tornará seu companheiro de viagem. Então, ela planará suavemente no vazio e poderá ouvir as nuvens, conversar com as estrelas, receber energia e energizar inúmeros sóis, divertir-se com as nebulosas e sentir a realidade original interconectada de todas as coisas. O "despir-se de toda ilusão" somente será possível ao observar detidamente suas vestes. Então, somente nesse momento, será possível abraçar sem pudores o nu da inocência e da verdade que tem sua origem em AVA.

Vamos agora iniciar essa viagem inter-humana e pessoal, para qual todo o material necessário encontra-se dentro de um único local: o interior de cada um de nós, neste exato e único momento da existência. Este é o local da partida, mas também da chegada.

Boa viagem, e tenha um pouso suave no incriado planeta AVA, seu primeiro e único lar nesta inefável existência. Mas não se esqueça de que haverá uma breve escala no "sagrado vazio", para que ao final aportemos no questionamento a respeito da própria existência de AVA.

O SAGRADO VAZIO

Perceptíveis, quase palpáveis, são as dores do parto pelo qual a humanidade da Terra vem passando atualmente. Um parto que já dura séculos, provocando espasmos e contrações, cujos gritos são audíveis em muitos universos, mas que, eu creio, gerará uma nova raça na Terra nem que seja pela força da catástrofe.

Glauco Ramos

Ele era de AVA, mas não sabia. Imerso na dimensão terrena, tal como no conto da águia que pensava ser uma galinha, e por isso se comportava como tal, ele também agia como terreno, por ter nascido na Terra e ter sido criado por seres da Terra.

Submetido à densidade sufocante das leis de seu pequeno galinheiro, a grande ave de AVA foi vivendo, buscando formas e meios de adaptação a um mundo tão estéril, tão difícil de ser compreendido e que, por vezes, causava tanto sofrimento.

Ele passou rapidamente pela infância e pela adolescência, e agora já era um adulto, mas continuava ciscando em busca de alimentos, mantendo o mesmo padrão de comportamento dos demais seres ao seu redor. Ele já havia incorporado ensinamentos que falavam de uma vida dura e de uma existência difícil.

Estranhamente, Hug se lembrava de toda sua infância, desde quando era um bebê até tornar-se adolescente, e depois adulto. Com poucos meses de vida, ele podia rever perfeitamente os pequenos brinquedos colocados no berço por sua mãe, que chamavam a sua atenção. Hug olhava fixamente para eles, tão chamativos que tornava-se impossível desviar o olhar.

Hug tinha ainda todas as memórias dos cuidados de sua mãe, que zelava por sua higiene pessoal e trocava suas fraldas.

Também lembrava-se perfeitamente de atribuir às roupas o mau cheiro que sentia. O pequeno bebê já havia herdado, desde o nascimento, o inconsciente coletivo de atribuir a outrem aspectos indesejáveis de si mesmo.

Nosso personagem se sentia desajeitado, talvez por ter que acomodar alguma coisa do tamanho do universo num pequeno e transitório invólucro humano. Acostumado à eternidade avana, ele não conseguia entender muito bem a tão comum separação entre passado, presente e futuro. No mais profundo de seu ser, ele sentia tudo como uma única realidade, algo incompreensível, que ele não seria capaz de exprimir em palavras. Aliás, ele até evitava tocar no assunto para não se tornar alvo de chacotas.

Ele desconhecia totalmente sua verdadeira condição e sua origem, pois a cada nascimento suas memórias eram apagadas. Por isso, o espírito destemido da águia pulsava dentro do pequeno e frágil corpo da medrosa galinha, e muitas vezes desejava saltar para fora, a fim de tentar talvez retomar seu voo aquilino. Seu espírito dócil aceitava ser da Terra, apesar dos insistentes lampejos de intuição que lhe insinuavam a existência de um mundo totalmente diferente.

Ele sentia que não era deste mundo, mas não compreendia o vazio que lhe assediava insistentemente. Por isso fugia dele, escondendo-se atrás de diversos artifícios, como práticas religiosas, amigos, festas, relacionamentos e de um apego exagerado aos egos, e, consequentemente, à sua própria imagem e forma.

Ao integrar-se às suaves brisas que sopram ondas de matéria sobre o vazio, ele perdeu a leveza, esquecendo-se de sua verdadeira natureza avana, e passou a ter a percepção de como seu corpo era pesado e tudo era muito limitado. Como um peixe fora d'água, até mesmo o ato de respirar pesava em seu ser nesta nova dimensão que lhe parecia a morte, apesar de todos a chamarem de vida.

Ele reencontrou seu nome original ao encarnar, na pequena composição Hug, um nome estranho para a Terra, mas que lhe fora dado por seu pai, outro legítimo avano desgarrado de seu planeta.

A vida passava por Hug sem que ele se desse conta disso; uma vida monótona, sem muitas cores, numa repetição interminável de dias que iam e vinham, com muito trabalho, correria, família, filhos, esposa e compromissos. Tudo era muito pesado e sofrível, intercalado com poucos e breves momentos de alegria.

Ele não vivia, na verdade. Ele sobrevivia. Era um rei no corpo de um plebeu, tentando cumprir com as inúmeras obrigações que lhes eram atribuídas, tentando desincumbir-se da impossível e inglória missão de agradar a todos.

Hug estava com quarenta anos. Apesar de ainda ser jovem, sentia o excruciante peso de um passado que o angustiava e insistia em tirá-lo do presente, aliado a um futuro que se apresentava quase sempre de forma assombrosa, fruto da incerteza que o cercava desde sempre. Na verdade, ele não conseguia compreender a vida como ela aparentava ser. Por isso, buscava insistentemente a razão da própria existência.

O EXTRAORDINÁRIO

Ele não fazia a menor ideia de que algo extraordinário estava prestes a acontecer em sua vida. Na verdade, o extraordinário sempre o rondava, flertando com ele. No entanto, a nebulosidade de suas percepções não permitia que ele se desse conta disso.

Como num passe de mágica, coisas surpreendentes começaram a acontecer. A densidade terrena tornou-se sua aliada, e o medo, seu amigo. A insegurança passou a ser divertida, e ele abraçou todas as quimeras que o assombravam. Ele fez do amanhã o seu hoje, e do ontem simplesmente nada, diante da força de AVA, que insistia em retomar os seus nativos.

Hug de repente passou a ter contato com alguns eventos e experiências estranhas, totalmente desconhecidos para ele. Com o tempo e o aprofundamento, passou a chamar isso carinhosamente de "o sagrado vazio". Coisas que para ele ainda eram indefinidas começaram a acontecer, e o levaram a um grande e verdadeiro encontro com alguma forma de vazio, uma espécie de vácuo. Hug não sabia, mas o vazio que o transpassava era muito comum e natural em AVA. Na Terra, poucos sabiam de sua existência.

Esse encontro foi lenta e progressivamente se tornando mais profundo e denso, chegando ao ponto de alcançar o âmago da existência de Hug. Durante esses momentos, que duraram meses, ele passou a ter uma percepção muito visceral do nada do qual era composto. Quanto mais ele entrava em seu espaço interno não espacial, mais ele encontrava o nada: um vazio profundo e eterno, que não tinha começo e não parecia ter fim.

Durante esse intervalo de tempo, suas ilusões foram caindo, uma a uma, como folhas secas que, ao atingir a maturidade, simplesmente despencavam do galho. Cada uma das suas ilusões desfeitas o fez sentir mais da sua própria inutilidade, o mais absoluto vazio do qual, pela primeira vez, ele não conseguiu fugir.

Na verdade, ele já não tinha mais vontade nem forças para empreender suas fugas. Esse grande vazio tomou conta dele. Toda sua fragilidade humana, ou avana, mas em especial toda sua fragilidade pessoal, agora estava bem diante de seus olhos e de seu coração. Ele podia enxergar com uma nitidez surpreendente, pois o vácuo canalizado diretamente de AVA gritava de forma eloquente. Ele podia ouvir, através de todos os poros de seu corpo.

Apesar de parecer uma experiência agradável, Hug não acreditava mais em nada. Ele estava desiludido com tudo: com as pessoas, com a política, com as religiões, com os sentimentos, com o amor, com as esperanças, com o próprio mundo, com o planeta Terra, com ele mesmo, com a vida, com suas relações pessoais, com suas opções e escolhas, com tudo o que havia tentado e principalmente com o nada que havia obtido, com a insignificância, com a bestialidade, com tantas tolices e coisas patéticas, e com o que ele achava que pudesse ser Deus.

Sem escolhas e um pouco perdido, como uma águia que pensava ser uma galinha, Hug parou de fugir e começou então a aprofundar-se nesse vazio, aceitando com naturalidade o mergulho. Ele não mais se esquivou da realidade e passou a encarar diretamente tudo o que havia dentro dele, fosse para pior ou para melhor. Ele permaneceu dessa forma por dias, que se transformaram em meses, simplesmente observando e sentindo a realidade – tão comum em seu planeta de origem, mesmo que ele não tenha a lembrança – do eterno *agora*.

As atividades profissionais anteriormente exercidas por Hug encontraram o seu fim, e ele aceitou, com estranha naturalidade, a interrupção daquele fluxo inconsciente e básico de busca de alimentos. Isso lhe rendeu vários problemas, especialmente de ordem financeira e familiar, mas sua experiência era tão forte, intensa e indescritível que ele, agora sem trabalho e com bastante tempo livre, se deixou levar pelo processo. Para sorver cada momento em sua totalidade, adotou a prática de caminhar – caminhar muito. Algumas vezes, dedicava-se a andar o dia todo e a escrever sobre tudo o que estava acontecendo em sua vida.

Hug não sabia, mas a experiência que estava vivenciando o conduziria de volta às origens – a uma reconexão com AVA. O vazio permitia que ele abrisse as asas pela primeira vez em seus quarenta anos de vida. Hug estava prestes a sair do galinheiro, pois já visualizava a imensidão do céu azul que gentilmente o instigava a alçar voo.

EXPERIÊNCIAS PESSOAIS DE CAPRA E DE DESCARTES

Naquele momento de mágico sofrimento, imerso no olho do furacão de um vácuo sobrenatural, mensagens de muitos mundos vinham à sua memória. Ele se lembrou do relato de Fritjof Capra,[1] físico e teórico de sistemas, que alterou sua concepção de vida depois de ter passado por uma experiência à beira-mar, numa praia de Santa Cruz, no verão de 1969.

Ao final de uma tarde, Capra observava as ondas do mar enquanto sentia a própria respiração. De repente, ele foi tomado por uma profunda percepção do ambiente que o cercava, como se participasse de forma interativa do que chamou

---

1. Capra, F. *O Tao da Física: uma análise dos paralelos entre a Física Moderna e o Misticismo Oriental*. 28ª reimpressão da 1ª ed. São Paulo: Cultrix, 1995.

de "uma gigantesca dança cósmica": uma experiência sobrenatural que alterou sua percepção da vida e de sua existência na Terra.

Experiências como as de Hug não são tão raras na Terra. Algo parecido também aconteceu com o filósofo, físico, matemático e cientista francês René Descartes,[2] talvez o principal responsável pela denominada revolução científica moderna. Ele relatou algo semelhante ao contar ter vivido uma noite extraordinária no dia 10 de dezembro de 1619, aos 23 anos de idade.

Nessa época, Descartes vivia sozinho em um cômodo aquecido que costumava chamar de "estufa", onde podia se entregar às atividades intelectuais. Em certa noite fria, ele teve três sonhos seguidos. No primeiro, soprava um vento muito forte, e ele, parado diante do colégio em que estudava, conseguia manter a postura reta apesar da ação do vento. No segundo sonho, ele estava dentro de seu quarto e, de repente, passou a enxergar nitidamente a existência de muitos raios dentro daquele recinto. Uma visão tão forte que o levou a questionar se não estaria alucinando. No último sonho profético, ele estava sentado diante da escrivaninha em seu quarto, defronte a um livro aberto, quando apareceu um homem e lhe indicou uma página em que estava escrita a pergunta "o que devo fazer na vida?". Em seguida, o homem mostrou outra página em que constava "sim e não".

O filósofo conta que, nessa noite iluminada, por intermédio desses sonhos, viu algo extraordinário e teve um *insight* forte: uma revelação dos fundamentos de uma ciência admirável e de dimensão universal, que o levou a viajar por toda a

---

2. Baillet, A. *La vie de monsieur Descartes*. Paris: Éditions Des Malassis, 2012.

Europa, partindo da Holanda, a fim de procurar a verdade no grande livro do mundo.

Hug sentiu que também fazia parte das experiências pessoais de Capra e de Descartes, pois o vácuo que o havia tomado era algo interativo, que não se dividia. Ao contrário, ele promovia a união de partes esquecidas dele mesmo, como uma forma de resgate de aspectos perdidos ou olvidados, apresentando-se como uma substância feita de nada, que tudo permeava, e consequentemente ligava todas as coisas e pessoas. Portanto, ele também estava ligado a Capra e a Descartes, e a todos os demais seres da Terra e de AVA, inclusive cada um de nós.

Faltavam-lhe palavras para descrever sua experiência com o vazio. Então, veio à sua mente a comparação com um aquário, onde a água era o elemento que tudo permeava. Talvez os peixes também encontrassem nela uma forma de "vazio" que, ao mesmo tempo, era fundamental para a existência deles.

No corpo do peixe

Imerso agora nas agradáveis águas de um aquário, no corpo leve e esguio de um peixe, ele sentia que seus braços e mãos estavam pequenos. Eles haviam se transformado em pequenas asas remígias, que impulsionavam seu corpo e o faziam levitar. Seus pés tornaram-se ainda menores, pois o seu uso não era mais o mesmo: eles já não serviam mais para sustentar seu corpo, mas para auxiliá-lo em seu mergulho pelas águas. Ele não conseguia mais piscar, pois seus olhos não fechavam e haviam adquirido uma extensão mais ampla e lateral. Apesar do susto com a nova constatação, ele se sentia perfeitamente confortável. Isso não importava.

Seu corpo estava lisinho e escorregava pela água, que magicamente se transformara em seu ar, por meio do qual ele mantinha a própria vida: um ar fluídico e mágico, que propiciava o seu levitar e alterava sua visão, ampliando o pequeno aquário por todo o ambiente. Nessa posição, Hug se lembrou da experiência do filósofo americano, Thomas Nagel, em seu artigo "Como é ser morcego".[3]

Sobre essa forma de percepção, da posição do peixe, Hug recordou-se também da descrição pormenorizada sentida por Gregor Samsa,[4] ao acordar de uma noite conturbada e encontrar-se na forma de um inseto monstruoso em "A metamorfose", de Franz Kafka. As duas alegorias apresentam uma ideia de como seria essa experiência.

Mas a tempestade não cessava, e os pingos de chuva de AVA continuavam açoitando Hug. As águas do vazio começaram a inundar o seu ser íntima e profundamente. Quanto mais ele sentia, melhor enxergava e mais consciente ficava de tudo o que ocorria em si mesmo. Enquanto isso, o grande e imensurável vazio parecia aumentar, ocupando os espaços e tomando posse de tudo.

---

3. Thomas Nagel é professor na New York University e é considerado um dos mais influentes filósofos da atualidade. Como é ser morcego, de sua autoria, levanta um dos principais problemas da filosofia da mente, que se trata da perspectiva da terceira pessoa e a experiência provada na primeira pessoa. A alusão ao morcego se dá em razão de seu sentido de ecolocalização, que pode ser explicado cientificamente de inúmeras formas, mas somente quando tivermos a experiência pessoal (primeira pessoa) de ver com os ouvidos é que saberemos o que é ser morcego.

4. Kafka, F. *A metamorfose*. São Paulo: Companhia das Letras, 2013.

Hug encontrava-se num momento único da existência, como na verdade, são todos os momentos, habitando um invólucro carnal exclusivo e único, gozando de um instante que se fazia eterno. Alguma coisa inédita, apesar do insistente sentimento de *déjà vu*.

Hug estava sendo sugado para o núcleo da iluminação: o mesmo caminho percorrido por tantos e inúmeros despertos iluminados que passaram pela Terra e dela nunca mais saíram, apesar de sua partida física. Um filme multidimensional foi passando diante de seus olhos, e ele pôde ver muitos dos erros e acertos que havia cometido, todas as atitudes patéticas, toda falta de amor e de perdão, toda fragilidade e força, ao mesmo tempo. E ele pôde ver também todo o esforço inútil, toda busca por algo que nem sequer existia, toda a tola identificação.

O filme passava e ele não perdia uma única cena. A cada ato, uma ilusão se desfazia, e em seu lugar surgia uma verdade, com absoluta naturalidade, sem deslumbramentos. Era uma mistura de tristeza e felicidade que trazia como pano de fundo uma estranha paz, apesar do enorme sofrimento.

Era como se Hug estivesse assistindo ao filme de cima para baixo e sem envolvimento emocional. Ele era o observador e ao mesmo tempo o observado. Como se a vida fosse uma peça de teatro, em que todos estavam encenando um papel. Mas isso não tinha nenhum peso, pois era somente a observação consciente – apesar de participativa – de uma encenação.

BILOCAÇÃO

Nesse estado profundo, lembranças de AVA começaram a saltar em sua mente. Hug recordou-se de uma experiência que tivera durante uma viagem dentro de um veículo de transporte terrestre muito parecido com um ônibus.

Em uma noite estrelada, num estado semidesperto, Hug de repente foi lançado ao espaço acima do veículo. Ele passou a voar acompanhando o ônibus, observando claramente o deslocamento dele e seus faróis iluminando a estrada. Naquele breve momento, ele duvidou se o veículo que acompanhava, voando por cima como uma águia, era realmente o mesmo que seu corpo físico estava ocupando. Então, no exato momento em que o ônibus iniciou o trajeto de uma curva, ele pôde sentir seu corpo físico mexer-se no assento sob a força centrífuga daquele veículo, enquanto seus olhos de águia visualizavam o ônibus de cima para baixo.

Amarrado ao inconsciente coletivo da Terra, Hug não conseguia compreender o que estava acontecendo, mas ele havia passado por uma experiência comum entre os *avanos*. Tratava-se de um evento conhecido por "bilocação", que é a capacidade de estar em dois lugares ao mesmo tempo.

O "nada" do vazio tornava-se concreto, na medida em que iluminava mentes e dissolvia ilusões. A partir daquele momento, nosso personagem deixava de ser Hug. Ele não era mais um profissional, ser humano, pai ou filho, bom ou mau, isso ou aquilo. Não tinha mais esta ou aquela personalidade. Simplesmente deixou de ser. Ele perdeu a individualidade e não era mais o corpo físico, apesar de sua aparente existência. Por fim, ele também não era mais terreno.

Por intermédio da aceitação dessa forma de anulação, Hug sentia que era um nada. Magicamente, isso fez com que ele se tornasse o próprio vácuo; o vazio absoluto. Assim, passou a interagir com tudo que existia. Esse vazio penetrante proporcionava uma forma de plenitude ilimitada. Ele foi tocado por um nada que, na verdade, tornou-se tudo.

Hug estava se aproximando cada vez mais de sua verdadeira existência avana e já podia intuir que suas asas de águia, quando abertas, não cabiam mais no pequeno galinheiro chamado Terra. No entanto, sua limitada mente não entendia o porquê. Não entendia o "vazio", e chegou a pensar que pudesse ser algo muito ruim, como alguma forma de depressão ou loucura, alguma doença ou coisa parecida. Mas alguma força o obrigava a continuar em direção ao vazio, a procurar e entranhar-se cada vez mais nessa expressão do nada, mesmo sem compreender os motivos.

Dividido entre dois mundos, intuindo a leveza, mas imerso em uma pesada densidade, Hug foi assombrado por desconfianças que o levaram a procurar alguns médicos amigos. Estes, preocupados, aconselharam-no a voltar à sua vida normal – trabalhar e retomar seus afazeres. No entanto, nenhum deles diagnosticou forma alguma de depressão ou doença que pudesse ser tratada.

Nesse momento de alta densidade emocional, Hug passou a procurar obras que pudessem explicar melhor o que estava acontecendo. Em suas leituras, conduzido pelo espírito de AVA, deparou-se com as palavras de um outro avano chamado Chuang Tsé, que, de certa forma, guardadas as devidas diferenças, falava um pouco do que Hug sentia. O trecho aparece transcrito como uma forma de ilustrar o momento de sentar-se e esquecer todas as coisas:

Minha ligação com o corpo e suas partes é dissolvida. Meus órgãos de percepção são postos de lado.

> *Assim, tendo abandonado minha forma material e dado adeus ao meu conhecimento, torno-me um único com o Grande Impregnador. A isso denomino sentar e esquecer todas as coisas.*

Ainda que sempre margeado pelo temor, Hug permaneceu entregue ao processo, movido pela resolução de não mais precisar buscar subterfúgios. Suas alternativas estavam esgotadas. Não havia para onde escapar ou o que fazer, a não ser observar e sentir cada vez mais, e deixar que o mergulho atingisse as profundezas ou simplesmente abrisse as próprias veredas.

Hug percebeu que somente ocorreria algum tipo de mudança quando não houvesse mais tempo ou lugar para escapatórias, quando o cansaço tomasse conta de sua vida ou quando não conseguisse mais encontrar uma saída. Ele sabia por experiência própria que, quando isso ocorria, por falta de outras opções, as pessoas se entregavam sem resistência. Os egos não tinham mais força nem poder. O que submergia era o seu eu verdadeiro. E, sempre que a essência da pessoa assume, o ego morre. No entanto, enquanto o ego tiver forças, o indivíduo estará fraco.

Esses conteúdos de sabedoria estavam gravados em seu DNA de *avano*, e ele intuitivamente sabia que, enquanto o indivíduo aparentasse força, estaria fraco. Então, quando estivesse totalmente fraco, a fortaleza estaria com ele. Quanto maior for a percepção de sua fraqueza, maior será a sua força – uma espécie de poder que decorre sempre da consciência de si mesmo.

Por isso, Hug encerrou todas as suas buscas. Por sentir que, quanto mais se esforçava, mais se afastava de seu objetivo. Ele se lembrou da história do discípulo que perguntou a um mestre de AVA quanto tempo necessitaria para alcançar a iluminação. O mestre respondeu que seriam necessários uns 10 anos. O aluno então questionou, cheio de orgulho, argumentos e ansiedade:

– E se eu me esforçar muito, fizer sacrifícios, participar de todas as orações, vivenciar ativamente todas as atividades e mantiver o foco na observação consciente, quantos anos eu levaria para alcançar a iluminação?

– Aí, então, seriam necessários uns vinte anos – replicou o mestre.

Hug estava tranquilo por saber que, enquanto uma pessoa estiver cheia de razão, de perspectivas e de argumentos, cheia de orgulho de si mesma e de seus feitos, de suas conquistas, de sua beleza e competência, os egos que estarão com a batuta, impondo a própria melodia. Ele agora sabia, por percepção direta, que os egos eram muito ligados aos esforços, por saber que são os esforços que os mantêm vivos.

Assim, ele permitiu sua própria anulação. Sabia que, quando se perde a identidade, quando tudo aquilo a que se apega simplesmente desaparece, o que surge em seu lugar é algo maior, e a sinfonia que brotará não será sua, mas de todo o universo. Era o sagrado vazio revelando seus mistérios por meio do restabelecimento de um canal direto com AVA, seu planeta natal. O vazio tornava-se cada vez mais vivo e ativo, pois era dele e nele que tudo poderia surgir.

Seus esforços inúteis e sem resultados, como sementes jogadas numa terra estéril, levaram Hug a uma profunda convicção de que se esforçar era como buscar o pote de ouro no fim do arco-íris. Ou seja, era viver numa ilusão de encontrar um prêmio inexistente num local inatingível, quando na verdade o arco-íris começa e termina em cada um, onde estão todos os locais e todas as premiações.

Sem muita compreensão, porém seguindo a voz da intuição, Hug estava se rendendo à sua verdadeira natureza avana. Essa forma de rendição é muito poderosa, pois, ao render-se, o mundo também se rende ao indivíduo. Trata-se de um verdadeiro poder com as vestes da fragilidade, a verdadeira força que se apresenta na fraqueza, o impossível se manifestando contra todas as probabilidades. É o extraordinário se fazendo ordinário em sua vida.

O PODER NA FRAGILIDADE

Hug lembrou-se da força de uma criança. Ela é totalmente frágil, mas todos se curvam a ela, fazendo questão de atender a todos os seus pedidos e anseios, e tentando até mesmo descobrir o que ela deseja, para deferir o desejo antes mesmo que ele se manifeste.

Nessa sua viagem aos núcleos do vazio de AVA, Hug lembrou-se nitidamente de quando era um recém-nascido e, apesar de não conseguir sobreviver sozinho e de ter um grau de interação bastante reduzido com seus familiares em comparação a uma criança maior, todos o tratavam como um rei.

Mas seu reinado foi se apagando à medida que ele crescia. Uma águia se distanciando das alturas celestes, a acuidade da visão aquilina deixando-se dominar pela miopia, um avano sendo sugado pela gravidade terrena.

Esse filme escorregava pelo espírito de Hug, e ele sentia a força e o poder que tinha quando ainda era um frágil bebê. Todas as atenções eram direcionadas a ele, que intuitivamente soube fazer da fragilidade sua maior força, seu absoluto poder sobre todos daquela tribo. Apesar de muito novo nesta vida, embora fosse mais velho que o próprio universo – como se o universo tivesse idade[5] – Hug sentia a força da ingenuidade, por meio da qual quem serve o faz com absoluto contentamento e felicidade.

Depois de adulto, Hug passou a observar uma característica comum entre líderes que fizeram sucesso em seus respectivos povos: eles mantinham esse dom pueril de forma oculta, mas que era perceptível àqueles que possuíssem sensibilidade. Por sua mente, passou a imagem do 14º Dalai Lama,[6] que conservou seu ar de doce inocência infantil mesclada com felicidade, mesmo passado tanto tempo, e apesar dos inúmeros sofrimentos e percalços infligidos a seu povo – em especial, com a invasão chinesa ao Tibete. Esse episódio inclusive fez com que ele saísse de seu país, a fim de poder continuar sua luta pela libertação de seu povo por meio de seu exílio voluntário na Índia.

---

5. O autor usa a expressão contraditória "novo nessa vida, porém mais velho que o próprio universo, como se o universo tivesse idade" partindo do princípio de que o universo é alguma coisa infinita, sem início e sem fim. Uma realidade não captável pela mente humana, por se tratar de algo transcendente e sobrenatural.

6. Tenzin Gyatso, o 14º Dalai Lama. Ainda criança, quando atendia pelo nome de Lhamo Dhondup, aos três anos de idade, ao ser revelada sua identidade como a reencarnação de seu predecessor, Thubten Gyatso, o 13º Dalai Lama, já era reverenciado como um ser iluminado, pois os Dalai Lamas são considerados manifestações de Avalokiteshvara ou Chenrezig, o chamado Bodhisattva da Compaixão e o patrono do Tibete. Um Bodhisattva é um ser iluminado que voluntariamente escolheu reencarnar na Terra, para servir a humanidade, adiando o próprio ingresso no nirvana.

Era indiscutível para Hug que havia um enorme prazer e disposição em servir à inocência e à fragilidade. Doar-se à criança era mais importante que suas próprias necessidades, às vezes básicas, pois uma mãe deixa até mesmo de comer e de cuidar de si mesma para servir ao frágil recém-nascido.

Os segredos continuavam a ser revelados a Hug, que intuiu muito claramente que somente quem tinha a coragem de render-se poderia provar do verdadeiro poder divino universal cósmico. A força de seu planeta natal o assediava por onde fosse, e ele percebeu que aqueles que não conhecem o poder da rendição podem até parecer fortes, mas são tolos intelectualizados, amarrados aos egos, repetindo conceitos e chavões inconscientes que falam de bravura e de coragem. São verdadeiros covardes escondidos sob a fantasia da coragem, sem nem ao menos imaginar ou vislumbrar que a coragem na verdade é a covardia e o medo, e muitas vezes buscam respaldo na pantomima da bravata.

Rendição como portal para o imaterial

A rendição de Hug ao carinhoso abraço do vazio foi o meio através do qual inúmeras outras portas foram abertas na vida dele, ampliando sua experiência pessoal na Terra e o aproximando de AVA. A rendição consciente é uma forma de reconhecer que, por meio de si mesmo e por suas próprias forças, não pode haver nenhum tipo de progresso. Somente por intermédio da rendição, que é a morte do esforço egoico, o eu verdadeiro poderá surgir.

Nesse contexto, a rendição tinha íntima ligação com o vazio pelo qual Hug estava passando, por ser uma forma de anular-se. Somente através dessa anulação do menor a porta poderia ser aberta para o maior. Você é o menor e, se quiser fazer isso por você mesmo, continuará sendo o comandante. Dessa forma, a barreira será você.

A experiência de rendição é como a faca do cozinheiro Ting, contada no capítulo 31 da obra de Chuang Tzu,[7] que desencarnava a carcaça de um boi para o lorde Wen-hui em uma verdadeira religião de entrega. Em seu ofício, Ting se entregava ao processo natural, permitindo que a faca acompanhasse os contornos da carne, revelando as cavidades e guiando a lâmina por essas aberturas. Tudo isso era feito sem tocar as artérias, os ligamentos, nervos, tendões, e muito menos o osso.

O cozinheiro não fazia nenhum esforço, não tinha pressa, não se utilizava da força, não golpeava a carne a fim de obter resultados mais rápidos, não tinha ação enérgica. Ele simplesmente respeitava e acompanhava o formato, as curvas e o próprio tempo da carne. Com movimentos suaves, ele observava as brechas nas articulações, e a lâmina avançava livremente a seu bel-prazer, sobrando espaço para se movimentar. O cozinheiro inapto tinha que afiar a faca pelo menos uma vez por ano, mas Ting, por respeitar a natureza da carne, não necessitava nem mesmo afiar sua faca, pois não havia desgaste. A lâmina estava tão fresca quanto da primeira vez, há dezenove anos.

Às vezes, surgiam situações complicadas. Então, Ting observava a condição atentamente e, com o devido zelo, introduzia sutilmente a lâmina, procurando os orifícios e as aberturas, respeitando a direção das fibras e contornando os ossos.

---

7. Seaton, J. P. & Hamill, S. *Chuang Tzu: ensinamentos essenciais*. São Paulo: Cultrix, 2000.

De repente, a carne se soltava. O cozinheiro, agradecido e satisfeito, limpava gentilmente a faca e a deixava repousar. O lorde Wen-hui, acompanhando todo o processo, exclamava:

– O cozinheiro Ting me mostrou como encontrar o caminho que alenta a vida!

Na verdade, Ting conhecia a arte de respeitar a natureza de todas as coisas e sabia que, sempre que agirmos em consonância com o Tao, continuaremos frescos e afiados como a lâmina de Ting. A rendição de Ting por meio da aceitação torna sua vida uma oblação, sem espaço para tensões ou resistências, tornando a ordem natural da vida uma aliada.

Hug, talvez pelo cansaço, ou quem sabe pela voz de AVA que insistentemente sussurrava em seus ouvidos, parou de tentar comandar as coisas de sua vida. Ele deixou que a lâmina da existência escorregasse pelas próprias veredas, desviando-se dos resistentes ossos, que insistiam em surgir em sua vida. Ele percebera que, mesmo quando auxiliava as pessoas, mesmo na época em que fazia doações e caridades, mesmo quando cumpria com as escrituras e doava fielmente o dízimo em sua congregação, mesmo quando se tornou um conselheiro da sua comunidade e da própria família, seu barco sempre estava à deriva. Sua própria alma sempre foi a mais sedenta, faminta e gelada, apesar de ser considerado aquele que indicava caminhos.

Como Hug poderia indicar caminhos que ele nem sequer conhecia? Por isso, ele parou de tentar comandar, e hoje ele sabe que a rendição é talvez uma das formas mais profundas de poder. É um modo de religar-se a uma força superior, de reconhecer a própria insignificância e deixar que as águas divinas fluam através de você. É a insignificância se fazendo significante; o pequeno manifestando a própria grandeza.

Muitas religiões – em especial o cristianismo – pregam essa forma de rendição utilizando-se de outras palavras: "a pessoa deve entregar-se a Deus e deixar que ele tome conta de sua vida".

Hug observava que, enquanto tinha forças, permanecia no comando, dando as ordens, e isso era o verdadeiro obstáculo. Hug percebeu que ele tinha sido o obstáculo e que sua mente[8] sempre foi a barreira que o impedia de caminhar. Então, ele deixou de comandar e teve a coragem de render-se. Foi aí que a recompensa se fez presente, pois sempre esteve ali à disposição dele e de todos.

Cinzeladas de sabedoria avana esculpiam Hug, aprimorando seu espírito e revelando conteúdos. Tal sabedoria era verbalizada, mas geralmente incompreendida, pois suas palavras sábias não eram valorizadas, visto que tinham saído da boca de um profano.

– Quem era ele para falar dos voos celestes, se era uma simples galinha? – reverberavam muitos.

Hug, que costumava falar pouco, não conseguia mais se calar, pois as pedras já estavam falando.[9]

– É você quem tem que restabelecer a ponte que o religará a tudo. As coisas não pularão em seu colo até que você se religue. Mas, até mesmo em razão da existência da lei do livre arbítrio, você sempre terá o direito de manter-se desconectado ou afastado de tudo o que quer e deseja para a

---

8. Mente aqui é aquela que se manifesta por meio de pensamentos, que ficam tagarelando sem parar e que o tiram do presente, fazendo-o mergulhar num estado vegetativo.

9. Uma alusão à passagem bíblica em Lc 19:40, quando os fariseus pedem a Jesus que mande seus discípulos se calarem e ele responde: "se eles se calarem, as pedras gritarão".

própria vida – falava Hug. – E é isso o que as pessoas fazem: desejam ardentemente as coisas, mas se colocam como obstáculo. Algo como "quero, mas não permito". Observe que até mesmo o ato de querer também é um obstáculo, pois, no momento em que uma pessoa quer, ela está agindo, sem rendição. Por fim, ela acaba caindo no "quero, mas não permito", porque não me rendo, não me entrego, não aceito – continuava ele.– O indivíduo somente será capaz de saber que não afundará nas tortuosas águas do mar da vida no momento em que não mais resistir e se lançar nesse oceano. Enquanto estiver resistindo e com medo, não terá como provar da doce experiência de flutuar suavemente pela existência, sem nenhum esforço e independentemente de seu querer.

Na pedra bruta da existência, Hug sofria os golpes do cinzel avano e cada vez mais se aproximava de seu formato original. O mergulho no vazio provocou grande sofrimento, mas ao mesmo tempo ele estava feliz, pois o vácuo havia sido um fato divino em sua vida. O vazio havia proporcionado todo o cansaço e toda decepção necessários à entrega e à rendição, o que propiciou a entrada de algo maior. Na verdade, o processo de contato consciente com toda forma de ilusão, apesar de dolorido, o conduziu ao vazio, por meio do qual o real se fez presente.

Todo esse processo causou uma enorme e dolorosa introspecção, mas ao mesmo tempo trouxe satisfação e paz. Até mesmo o sentimento de morte, companheiro inseparável desses momentos, ao ter sido acolhido por Hug, transformou-se em vida. A morte somente ocorria para os egos, e das suas cinzas, imitando uma Fênix, o eu verdadeiro renascia.

A visão da águia avana já havia se instalado em Hug. Ele sabia intuitivamente que somente o falso poderia morrer; o verdadeiro, nunca. É por isto que todos somos imortais: mesmo depois do abandono da carcaça carnal, o verdadeiro de cada um continuará vivo, pois é e sempre foi imortal. Para os egos, que são falsos, a morte é iminente e ameaçadora o tempo todo, e por isso eles estão sempre na corda bamba. Além disso, eles nem sequer existem, o que torna a instabilidade muito grande.

De repente, nasce o fruto de um doloroso mergulho. E foi assim, sem mandar avisos ou explicações, como um salto inesperado no abismo da verdade, que tudo ficou diferente. O mundo era o mesmo, apesar de estar diferente, e a forma como Hug passou a vê-lo era totalmente nova. De fato, o mundo sempre se altera quando uma pessoa permite primeiramente a mudança em si mesma.

Caminho fluídico

As caminhadas diárias de Hug se tornaram uma forma de meditação. À medida que seus passos se alternavam, ele entrava em um estado meditativo, que em alguns momentos evoluía para algo contemplativo mais profundo. Ele caminhava, olhava e sentia tudo ao seu redor. Algumas vezes, esse sentir se expandia por muitos outros locais; outras vezes, por muitos universos. Hug estava cada vez mais próximo de seu planeta de origem, apesar de nada saber sobre isso.

Nos momentos de profunda meditação, o sorriso tomava conta de seu rosto e a alegria invadia sua alma. Não havia mais nenhuma forma de problema ou qualquer assunto que merecesse maior atenção do que aquele momento do caminho. Tudo se tornava maravilhoso, e Hug parecia experimentar aquela forma de fusão sensorial relatada por Fritjof

Capra. Ele sentia tudo, e podia também perceber e sentir a presença das demais pessoas.

Hug soube intuitivamente que tudo e todos estavam em seus devidos lugares. Havia um movimento invisível, do qual ele também fazia parte. Era o movimento das plantas, das pessoas, das árvores, dos animais e dos planetas boiando nas águas do vazio. Enfim, era o movimento de tudo: de toda matéria e do próprio vazio, e de cada átomo e partícula elementar subatômica que abarcava, de forma festiva e dinâmica, todo o universo.

Hug tinha dificuldades em tentar descrever aquela sensação tão profunda e maravilhosa. Era algo tão pleno que, mesmo com todas as palavras existentes no mundo, ele não conseguiria encontrar adjetivos suficientes para apontar. Uma beleza estonteante reverberava da natureza, das imagens e da paisagem. Sua luz era quase ofuscante. Era como se Hug observasse uma dessas televisões modernas, com uma alta tecnologia de resolução de imagem que ia além do 3-D, pois era multidimensional.

Aquilo era tão belo e intenso que Hug era tomado pela vontade de registrar tudo, para poder mostrar a todo mundo como o universo era belo, maravilhoso, estupendo, deslumbrante, fascinante e indescritível. Sua beleza ímpar de tirar o fôlego o levou a desejar que esse estado permanecesse o dia todo, o ano todo, a vida toda; quem sabe até muitas vidas ou toda a eternidade.

Hug não tinha dúvidas de que havia tocado num dos chamados "portais para o não manifesto", mencionados por Eckhart Toole em sua obra *O poder do agora*.[10] Nesse estado de profunda meditação, ele passou a provar de algumas sensações

---

10. Toole, E. *O poder do agora*. Rio de Janeiro: Sextante, 2002.

indescritíveis, incompreensíveis e, para ele, inexplicáveis. Ele começou a voar em espaços e realidades que nem sequer imaginava que pudessem existir. Estava já a meio caminho de AVA, e as expressões do vácuo continuavam surgindo em sua vida.

Certo dia, à medida que se aprofundava no estado meditativo de sua caminhada matinal, Hug passou a ter a percepção de que o chão em que pisava se tornara fluídico, perdendo a rigidez. Então, sentiu que não mais pisava em um material rígido, mas numa espécie de vazio, como se estivesse flutuando em alguma coisa flexível. Algo muito parecido, talvez, com o caminhar de Jesus Cristo sobre as águas.[11]

Não havia mais chão nem matéria. Somente uma superfície de vazio. Uma apreensão foi tomando seu espírito, diante da real perspectiva e sensação iminente de simplesmente afundar na terra, deixando seu corpo ser envolvido pelo piso asfáltico total ou parcialmente.

Hug sentiu algo muito estranho. O chão parecia ser sensível às suas passadas. A cada pisada, o solo cedia, fazendo um movimento alternado com as pisadas seguintes. Era uma terra mole e suave, que interagia com seus passos. Todo o planeta Terra estava sintonizado com seu caminhar.

INCORPORAÇÕES MÁGICAS

Hug não estava mais dentro de seu corpo. Driblando o tempo e o espaço, e desprezando seus limites, agora ele se sentia no corpo de um outro ser humano. Tratava-se de um legítimo descendente direto de uma dinastia de reis de AVA. Ele imediatamente sentiu que havia entrado num templo

---

11. Mt 14: 22-36.

sagrado de profunda meditação. Naquele local reinava uma paz absoluta e silenciosa, tão pura e profunda que ele passou a desejar não mais retornar ao seu corpo original.

Nosso personagem ocupava uma forma física semelhante à sua, porém bem mais alta. Estranhamente, seu corpo dispensava a necessidade dos batimentos cardíacos e da própria respiração. Ele estava mais vivo do que nunca, mas observava que seu coração não batia e que não necessitava mais respirar. Chegou a cogitar a possibilidade de estar morto, pois a sensação de plenitude que encontrara naquele templo carnal era semelhante a estar em profundo samadhi.[12]

Sua visão estava diferente. Ele podia enxergar tudo, em todas as direções, sem a necessidade de abrir os olhos. Sua visão alterada tinha o poder de visualizar não somente a matéria, mas através dela. Assim, ele passou a enxergar chamas que ocupavam os corpos humanos e de outros seres, muitas vezes encobertas pela escuridão da matéria.

Hug sentia-se dentro de um corpo translúcido e leve, que quase flutuava. Dentro de si, sentia a mesma chama que via nos demais, porém de forma mais definida e nítida. Na verdade, tratava-se de uma única chama, que se dividia em tantos e inúmeros seres, todos ligados à chama maior, que aquele rei costumava chamar de pai.

Ao longe, no meio das águas do mar, Hug visualizou diversas chamas, sacudidas pelos fortes ventos do nervosismo e do medo dentro de um pequeno barco. Ele percebeu que aquelas pessoas gritavam o seu nome e acenavam para ele,

---

12. Samadhi é considerado um estado de superconsciência beatífica, por meio do qual o iogue tem a percepção da identificação e da ligação entre a alma individualizada e o espírito cósmico universal.

em desespero. Imediatamente, seu corpo elevou-se e passou a flutuar em direção às chamas apavoradas, sem tocar o solo. Hug estava leve. Seu corpo estava invisível, mais parecendo um cabide flutuante que carregava vestes brancas, que simplesmente passavam por cima das águas, sem as tocar.

Como estava escuro, as chamas do barco, agitadas pelo medo, avistavam somente aquele manto alvo, iluminado pela luz solar que tocava o espelho lunar. Sem saber do que se tratava, acharam que era um fantasma.

Hug foi se aproximando, e seu corpo começou de novo a se materializar. Seu coração retomava os batimentos e seus pulmões se enchiam de ar. Ele se revelou aos apóstolos e, movido por um gigantesco amor, ergueu Pedro, que já estava afundando nas águas. Olhando para Pedro, ele pensou que não deveria tomar por base a água como seu porto seguro, mas sim a chama-mãe que o faria flutuar. Então, respondeu a Pedro, utilizando-se de outras palavras para que ele pudesse compreender:

– Homem fraco na fé, por que duvidou?

As palavras saíram de dentro da alma de Hug, como um vulcão que cuspia parte de sua chama interna, reavivando as chamas que estavam naquele barco, e dando novo alento aos infantis e medrosos apóstolos.

Nessa torrente, sua revelação de AVA mostrou-se intensa. Hug fora arrebatado para um planeta extraordinário, e então todos os canais foram desobstruídos. Saltava de seu peito a doce sensação de que algo maior que todo o universo também o habitava, de modo interativo e dinâmico. Se isso estava nele, era porque também estava em todas as demais pessoas.

Poder provar da magia no lugar-comum e deixar que o corriqueiro se faça incomum é algo até mesmo difícil de explicar a quem nunca experimentou. Hug sentiu que nada havia de normal. Aquilo que considerava ordinário na verdade era absolutamente extraordinário.

É como estar drogado sem ter experimentado nenhum tipo de droga. É sentir todos os seus poros abertos e conectados a todos os poros do macro e do microcosmo. É estar misturado às multidimensões terrenas e avanas ao mesmo tempo.

Nesse estado, não há espaço para sentimentos de raiva, decepção, inveja e tantos outros, pois tais aspectos não conseguem adentrar tal nível de plenitude. Uma doce mistura de harmonia, suavidade e compaixão toma todo o seu ser. Como não poderia ser diferente, Hug passou a sentir alguma forma de profundo amor por toda a humanidade, que sempre tem início nos mais próximos; uma vontade de servir, de atender e de doar-se a quem necessite de alguma coisa.

Hug provava do excepcional, e no mesmo instante aquilo se tornava comum. Ele sentia transbordar-se em si mesmo. Uma amorosa doação se fez naturalmente presente em sua vida, sem nenhum tipo de esforço. Simplesmente havia chegado o momento de sua entrega. E ele viu que a real entrega só pode acontecer quando a existência se faz abundante em sua vida. Fora disso, será uma pessoa profanando a si mesma, atendendo ao próximo em nome de algum padrão ou norma social, e o que sobrará será sempre o gosto amargo de haver entregado algo que não se tinha.

Nesse estado de vazio existencial, nenhum compromisso vinha à sua mente. A pressa e a correria do cotidiano não existiam mais. Não havia nada de importante. O que importava era continuar naquela condição mágica de acesso direto àquele algo inexplicável, que o fez lembrar do estado de êxtase e confusão dos apóstolos quando Jesus transfigurou-se em luz, transmutando o próprio rosto e as vestes, resplandecentes de brancura.

Esse algo inefável era tão pleno e absoluto que Hug passou a desejar que todas as pessoas também pudessem provar desse mesmo estado de ser completo, único e inigualável. Para ele, aquele estado era um contato com o real, com o profundo, com o puro, com a inocência, com a segurança, com o total, com a felicidade, com a alegria, com a verdade, com a certeza, com o amor, com o próprio *chi*,[13] com a divindade; não uma divindade distante, mas uma que ele conseguia sentir em si e através de si, sendo ao mesmo tempo maior e menor que ele.

Quanto mais Hug falava, menos conseguia elaborar uma explicação, pois tentava inutilmente descrever uma experiência que na verdade é indescritível, e por isso mesmo é chamada de transcendental. Trata-se de um contato direto com o nada. Um reservatório silencioso do vazio completo e profundo. Um vácuo cheio, ou um nada que preenchia.

Nesse processo de transição, Hug já estava mais para AVA que para a Terra. Ele sentia que estava provando de um espaço local – com certeza não espacial – que o intelecto não podia adentrar, pois não havia oxigênio que pudesse fornecer uma sobrevida ao mental. E onde o mental não se estabelece, não há medo, nem ansiedade, nem preocupações de

---

13. *Chi*, no oriente, é tido como a força invisível da vida, ou a força vital interna que tudo permeia, ou ainda pode ser visto como uma energia eletromagnética. É uma forma de energia que, apesar de não poder ser vista, pode ser claramente sentida, porque flui por canais interligados que ativam todo o corpo humano. Por ser algo dinâmico, o *chi* está sempre em movimento, circulando, alternando-se e expandindo-se.

nenhuma ordem; nem mesmo com saúde, segurança, amor, dinheiro ou finanças. Isso simplesmente não existia. Era muito interessante observar que, nesse estado, o eu individual simplesmente desaparecia, e o que surgia em seu lugar era um sentimento de unidade com toda a vida. E esse sentir ia se aprofundando, até se tornar algo constante.

Usando uma linguagem da física moderna, poderíamos dizer que se trata da união do estado de partícula com o de onda, dos elementos básicos da matéria. Então, Hug paradoxalmente passou a se expressar como partícula e como onda ao mesmo tempo, num mundo de infinitas possibilidades.

Hug se sentia magicamente interligado a todos os demais seres. Ele quase não conseguia detectar os limites que o separavam dos demais. Tudo parecia ser uma única coisa, e qualquer movimento atingia todos os demais.

Nosso personagem podia, por intermédio da bilocação, deslocar-se pela Terra e pelo universo, porém não detinha o controle desse fenômeno. Este nem era seu objetivo, pois já havia aprendido que a rendição era um portal para o imaterial cósmico. Portanto, seguir o *Tao*,[14] entregando-se aos processos naturais da existência, era seu caminho primeiro.

Hug estava entregue ao momento, em estado contemplativo, quando o fenômeno novamente ocorreu, conduzindo-o instantaneamente à antiga Pérsia. Ele sentiu o clima quente e

---

14. *Tao* significa caminho. Um caminho sem nenhum objetivo. Lao Tzu, há mais de vinte séculos, teve a coragem de dizer a todos que não havia objetivos mas somente o caminho. Porém o Tao tem um significado amplo, não sendo somente o caminho físico ou espiritual. Trata-se de um conceito que não pode ser captado por meio do intelecto, mas somente através da intuição. O *Tao* tem profunda relação com o absoluto, que compõe a tríade, Yin, Yang e Tao.

seco, enquanto buscava proteção sob a sombra de um arbusto alto, muito ramificado, de folhas verdes, duras e brilhantes. Ele sabia que aquela era uma árvore muito respeitada na região, cujos frutos eram muito apreciados.

Era verão, e uma romã lhe estava sendo ofertada pela jovem árvore, que já aguardava a sua passagem. A rainha das frutas, coroada pela própria natureza, já estava aberta, convidando Hug a provar de seus rubiginosos bagos. Ele aceitou o convite. Então, entrou no mundo daquela fruta, que escondia atributos fantásticos, por intermédio da união de todos aqueles pequenos frutos, consubstanciados em joias guardadas em cápsulas, conhecidas por sementes, que aromaticamente formavam um todo, sem perder a própria individualidade. Ele via que cada uma das pequenas sementes rosadas era única, pois tinha um formato próprio e diferente das demais. Todas eram detentoras de características individuais que se adaptavam perfeitamente aos outros grãos irmãos, que mesmo em formatos diferenciados se completavam, encapsulados no mesmo invólucro que os consagrava uma unidade.

Hug via a interconexão de todas as coisas por meio daquela fruta. Ele escutava atentamente os ensinamentos da pequena romã, surpreso com a sabedoria imersa naquela infrutescência.[15] Lembrou-se então de que aquelas pequeninas

---

[15]. A romã é considerada uma infrutescência, e não propriamente uma fruta. Há uma diferença fundamental entre as frutas e as infrutescências. As frutas são obtidas pelo resultado da fecundação de flores, e as infrutescências são obtidas por intermédio da fecundação de flores de uma inflorescência, que é o que ocorre com a romã. As infrutescências englobam um conjunto de frutos, unidos sob uma mesma casca. Cada um de suas sementes, na verdade é uma fruta. Existem ainda outras infrutescências que são conhecidas popularmente como frutas, como por exemplo, a jaca, o figo e a amora.

frutas guardavam uma profunda simbologia, aparecendo inclusive em textos bíblicos, e sendo associadas às paixões.

Para os gregos, a romã era um símbolo do amor e da fecundidade. Ela foi consagrada à deusa Afrodite, em razão de seus poderes afrodisíacos, segundo a crença da época. Os judeus consideravam a romã um símbolo religioso, que guardava um profundo significado no ritual da passagem de ano. Essa infrutescência estaria também presente nos jardins do rei Salomão e teria sido cultivada na antiguidade por gregos, egípcios, romanos e fenícios, sendo considerada também símbolo de riqueza e ordem.

Sem dúvida alguma, aquele conjunto compacto de frutos individuais era algo extraordinário. Cada um de seus gomos era na verdade um fruto, ligado aos demais. Todos estavam contíguos e aderidos uns aos outros, de forma que o conjunto se assemelhava a um grande fruto, em razão de sua aparência externa. Seus gomos independentes, mas ligados a um eixo central ao longo de seu comprimento, eram uma constituição que lembrava as conexões da física quântica, em que todas as partículas se encontram interligadas.

A pequena fruta foi aumentando de tamanho, enquanto memórias dessa vida e de outras passavam por Hug. A roliça romã já estava maior que ele, e as lembranças não cessavam. Memórias desta vida e de outras, bem como lembranças pessoais e de tantos outros seres, transpassavam o vazio pessoal da instável matéria que dava forma humana a Hug. De repente, a pequena fruta foi aumentando de tamanho até se tornar a Apollo 14. Hug agora estava dentro da nave, no corpo do astronauta Edgar Mitchell, no caminho de volta da Lua para a Terra.

De dentro da nave, através da pequena janela da cabine, ele observava a Terra flutuando no ar, enquanto seu próprio coração flutuava ansioso dentro da galáxia de seu peito. Nesse momento, ele mergulhou em uma profunda epifania. A voz do astronauta saiu do entorno de seu corpo físico, inundando todo o seu ser: "A presença da divindade se tornou quase palpável, e eu soube que a vida no universo não era apenas um acidente baseado em processos aleatórios".

Todos os sentimentos e emoções do astronauta agora eram seus. Como pano de fundo, ele começou a sentir uma onda vibracional de amor permeando sua vida. Essa onda brotava de algo muito maior: um verdadeiro oceano de amor, que boiava sobre algo ainda imensurável.

ÊXTASE DO AMOR

Extasiado de felicidade, mas tomado pelo cansaço, Hug adormeceu. Naquela noite de sono, ele passou por mais uma forte e inexplicável experiência, por meio da qual o amor foi se aprofundando nele. Isso aconteceu em meio ao sono, numa espécie de sonho acordado. Era um dormir parcialmente consciente, por meio do qual ele podia sentir o amor tomando conta dele e de tudo. O sentimento ia permeando toda sua existência, abarcando todas as coisas e preenchendo todos os espaços, a ponto de não mais haver dimensão espacial para outra coisa que não fosse o mais profundo e absoluto amor.

Algo muito maior que a alegria, muito mais intenso que o regozijo, maior que um contentamento jubiloso, e ao mesmo tempo mais calmo que a paz, jorrava com a força de mil cachoeiras de dentro de seu peito. Hug permaneceu nesse estado durante a noite e nos dias seguintes. Então, ele passou a ter a percepção do amor nos olhos das pessoas.

Hug passou a enxergar alguma forma de manifestação do divino em cada um dos seres e coisas que compunham o universo. Havia uma graça em ver que cada ser caprichosamente escondia sua verdadeira natureza por detrás da matéria, como um gnomo brincalhão que se esconde por trás das árvores, revelando-se a quem tem olhos para ver.

Agora, o amor havia se tornado onipresente. Hug observava os olhos de seus amigos, conhecidos e até de pessoas desconhecidas – como se pudesse haver algum desconhecido –, e sentia borbulhar deles a mais profunda expressão da bondade e do amor. Era algo profundo, dinâmico e instável. Seu movimento era expansivo, imitando o movimento do próprio universo. Seu coração e espírito já haviam sido tomados para sempre. Ele se aproximava de AVA cada vez mais, transformando-se em um canal receptor e emissor de amor, mesmo sem uma explicação para o que efetivamente estava acontecendo.

Todos agora eram iguais, e Hug sentia no mais profundo de seu ser que todas as pessoas, mesmo aquelas mais irritadas ou raivosas, na verdade guardavam sua natureza original de bondade. A eventual maldade que pudesse transparecer era de fato algo superficial e ilusório. Talvez um mecanismo de defesa, mas não a realidade mais profunda.

Era uma sensação estranha e nunca antes sentida. Uma coisa até difícil de explicar. O amor se ampliava e expandia, serena e magicamente. Os olhos das pessoas agigantavam seus contornos e interligavam todos os seres, nesse tecido amoroso que parecia ser o estofo de todo o vazio. Tudo isso era perfeitamente visualizável, mesmo sem Hug entender como era possível.

Visita do Imaterial

Como poderiam pequenos glóbulos oculares ocultar o poder e a força atômica do amor? Como o pequeno poderia armazenar o grande? Tais perguntas intrigavam Hug. Esse estado lhe trouxe memórias de vinte anos atrás, quando ele morava sozinho numa pequena casa num *pueblo* no norte da Espanha. Aquele local pitoresco parecia ter sido retirado de um conto de fadas, cercado por velhas árvores retorcidas e cobertas de um musgo amarelado.

Nesse local, durante uma noite de sono, Hug viveu uma experiência ímpar que o deixou atordoado e muito amedrontado. Da mesma forma que o espírito da águia gritava no peito da suposta galinha, o coração de um avano sempre guardará lembranças de um templo de leis sutis, de um mundo multidimensional, da força e do poder ocultado sob a matéria.

Antes do amanhecer, quando se encontrava num estado de sonolência, numa espécie de sono desperto, Hug visualizou uma forte luz branca, apesar dos olhos fechados. Ela estava no alto de seu quarto, bem à sua direita. A luz foi ganhando intensidade e força, envolvendo-o em seu calor. Era algo suave e amoroso, aconchegante e acolhedor, extremamente bom e agradável, mas que ao mesmo tempo provocava certo temor.

Hug sentiu medo até mesmo de se mexer na cama. Tinha um receio da luz e simultaneamente de perder a luz. Sua presença era assombrosa. Parecia que ele desejava que a luz se fosse, mas, com o risco de sua ausência, queria que ela permanecesse. Tinha uma ansiedade em aguardar o que poderia estar por acontecer e o temor de que a luz simplesmente se apagasse ou desaparecesse.

Nosso personagem sabia que estava presenciando alguma coisa extraordinária. Por se tratar de algo totalmente desconhecido, o temor era inevitável. Ele não estava preparado para lidar com uma estrela solar, de múltipla grandeza, enviada diretamente de AVA para dentro de seu pequeno quarto.

Hug ignorava totalmente o que estava acontecendo, mas a luz intensa daquele sol era um pequeno reflexo de sua luz interna. Por isso, aconteceu a inevitável conexão. Por alguns breves momentos, ele abandonou a forma física e se transformou na própria estrela de luz. Passou a emitir ondas de energia por muitos mundos, e até hoje essas emissões são sentidas inclusive por cada um de nós, pois este livro é uma dessas ondas.

A intensidade daquela luz ecoou em infinitas dimensões universais, permanecendo também no quarto por um tempo, que parecia infinito. Então, vagarosamente, sua força foi diminuindo, até que Hug teve coragem de abrir os olhos lentamente e constatar que o quarto ainda estava tomado pela escuridão. Respirando profundamente, ele passou a dar boas risadas ao lembrar-se de como a visão de raios dentro do quarto de Descartes deve ter sido assustadora, mas ao mesmo tempo era uma experiência boa e reveladora.

Da incompreensível e profunda experiência, ficou uma forma de luz, mais tranquila e mansa, que passou a acompanhar Hug em todos os lugares por onde ia. Ela revelava fatos e, às vezes, provocava uma estranha sincronicidade, perdida tempos depois, quando Hug mergulhou na escuridão. Mas essa é uma história para outro livro, que poderá relatar também como foi o reencontro de Hug com a luz, que o acompanha até hoje.

Dividido entre dois mundos, numa mescla de AVA e Terra, Hug compreendia cada vez mais a importância de não fugir ou evitar o vazio, que por sua vez ia adquirindo contornos de algo pleno e completo, tornando-se mais familiar.

Hug se aquietava, então o silêncio o conduzia à AVA. De lá, ele recebia conteúdos que lhe mostravam o quanto a humanidade estava perdida, em especial por insistir em evitar o vazio. As pessoas o substituíam por qualquer outra coisa, fosse uma religião, uma crença, uma filosofia, numerologia, astrologia, ideologia, um modo de viver ou de pensar. Isso era uma coisa que Hug já havia feito, e por isso ele sabia que se tratava de uma fuga. Ele visualizava, com pesar, como a fuga do vazio significava uma fuga de si mesmo, e sofria com o que via na sociedade de hoje. Todos buscam evitar o encontro com o vácuo por meio de inúmeros artifícios, que sempre os conduzem para longe de si mesmos.

Por se tratar de uma ilusão, o mundo que vemos sempre esteve cheio de oportunidades e desculpas para tentar encobrir o caminho que poderia nos conduzir ao contato com nosso vácuo interno – vácuo que, consequentemente, nos leva à fonte do conhecimento e da criatividade, o canal mantenedor da própria existência; o estofo do universo.

Hug entendia que, da mesma forma que aconteceu com ele, no mais das vezes o contato somente poderia acontecer em situações extremas – ocasiões em que não há mais forças nem disposição para lutar ou resistir. Então, a entrega ocupa esse espaço deixado pelo esvaziamento dos egos, e nesse invólucro vazio o amor e a paz assumem seus verdadeiros postos.

Nosso personagem se lembrou de um daqueles ditados populares tolos, que dizia que uma pessoa não deve tirar algo de alguém se não tiver outra coisa para colocar no lugar. No entanto, ele tinha uma percepção diversa. Acreditava que, se fosse colocada outra coisa no lugar, ocorreria uma forma de substituição, que sempre o impediria de atingir a verdade. Ele sabia, por experiência própria, que o melhor seria que algo fosse retirado e não houvesse nada a ser colocado no lugar, pois assim não restaria mais nada, a não ser o vácuo.

Com o tempo, Hug ia se tornando mais avano que terreno. Ele podia flutuar sobre térmicas de sabedoria que o projetavam para dentro de conteúdos desconhecidos. Ele sabia que o vazio era o pressuposto do cheio, mesmo porque somente quando ele se esvaziou pôde provar da completude. Enquanto fugia do vácuo, a plenitude não encontrava espaço para entrar.

Para Hug, era patético ver a população da Terra à procura em tantos lugares, sem compreender que a procura em si é uma forma de fuga do real. Ele via com pesar as pessoas que se consideram lutadores determinados e que não desistem nunca. Pensava que seria muito melhor que desistissem, pois assim a procura seria interrompida, e somente quando não há mais procura é que pode haver o encontro.

Vazio permeador

Em razão dos eventos e experiências pelos quais Hug estava passando, ele resolveu estudar e se aprofundar no tema, a fim de compreender sua nova realidade. Ele acabou se deparando com um vasto material a respeito do vazio, e um texto budista em especial acabou por chamar sua atenção.

No texto, Nagarjuna – com certeza o mais intelectual dos filósofos budistas da subdivisão Mahayana – falava desse vazio, chamando-o de *sunyata*, que significava "vazio" ou "vácuo". Seu equivalente se encontrava na palavra *tathata*, que também pode ser traduzida como "quididade", e foi utilizada por Ashvaghosha, o primeiro comentador da doutrina Mahayana e com certeza um de seus mais profundos pensadores.

Nagarjuna considerava que a realidade tinha por natureza o vazio, mas não no sentido de ser um mero nada. Para ele, a própria realidade ou o vazio seria a fonte de onde brotava toda a vida, sendo também a essência de todas as coisas.

Hug descobriu então que inúmeros pensadores e místicos, em especial os orientais, trataram e tratam do tema. Eles dão grande ênfase ao vazio, considerando-o a essência de todo o universo, o responsável por toda forma material e a fonte de toda a existência.

O próprio conceito de *Tao* teria forte ligação com o vazio. Até mesmo Brahman, o Deus dos hinduístas, era tratado como uma forma de vazio pelos upanishads, que, utilizando-se dos naturais paradoxos, acabavam por descrevê-lo como um "vazio", sinônimo de alegria e vida.

Hug se entregava cada vez mais ao escuro da noite, sabendo que o sol o iluminaria e o aqueceria no novo dia que surgiria. De repente, uma percepção ainda maior tomou conta do seu vácuo pessoal. Durante alguns segundos que se eternizaram, ele se interconectou a um nada ativo – um vácuo criador de todas as realidades.

Agora, nosso personagem já se sentia criatura e criador. Não era mais um simples observador, mas um participante. A palavra *sunyata*, originária de AVA, vibrava silenciosamente em seu peito, que fora incorporado ao universo. Ele passou a fazer parte do bóson de Highs.[16]

---

16. Bóson de Highs é a chamada partícula de Deus, que completaria o atual modelo-padrão de partículas, por se tratar da única partícula elementar do

Hug era uma pessoa simples, de inteligência mediana, mas agora conseguia assimilar conteúdos complexos de filosofia. Ele se lembrou das palavras do filósofo britânico Derek Partif, reconhecido especialista em problemas de identidade pessoal, que afirmava que o que existia de real era o vazio. Danah Zohar,[17] acompanhada por Sarte[18] e Heidegger,[19] repetia essa percepção: "Eu não existo".

Apesar de não conseguir encontrar uma explicação racional para isso, Hug sentia, de modo muito palpável e até fisicamente, a junção pessoal da matéria de seu corpo e do espaço circundante. Um fazia parte inseparável do outro. Ele passou a ter sensações físicas fora de seu corpo. A separação entre a matéria e o vazio já havia sido superada, e ele se sentia um único corpo interligado a tudo.

Hug, no entanto, evitava falar sobre o assunto, pois o seu sentir parecia uma grande loucura. Então, ele se deparou com estudos da física moderna. A teoria quântica de campo confirmava suas percepções, na medida em que desmistificava a questão do vácuo. Ela obrigava o abandono da velha distinção clássica entre matéria e vazio, pois as partículas materiais não podiam ser separadas do espaço circundante. Assim, o vácuo e a matéria formavam um todo. O vácuo era a base de

---

modelo que ainda não teria sido observada. O bóson, cuja existência foi confirmada provisoriamente em março de 2013, é o responsável pela criação de massa e, consequentemente, da matéria; inclusive de você.

17. Zohar, D. *O ser quântico*. 19ª ed. Rio de Janeiro: Best Seller, 2012.

18. Jean-Paul Sartre, filósofo francês do início do século XX, Prêmio Nobel de Literatura em 1964.

19. Martin Heidegger, filósofo alemão, considerado um dos principais pensadores do século XX.

interação de todas as partículas, por intermédio do qual as partículas virtuais podiam espontaneamente passar a existir, podendo também novamente desaparecer nele mesmo.

Os gêiseres da importância fundamental do vazio emanavam do solo da física e iam ao encontro do sentir de Hug, pois era por meio dele que inúmeras partículas surgiam e desapareciam a todo instante. Era um novo mundo sendo criado a partir do vácuo – o mesmo vácuo do qual todos insistiam em se afastar e evitar a todo custo.

Por se tratar de um contato direto com níveis de profundidade, Hug descobriu que, num primeiro momento, tocar os fulgores do vácuo invariavelmente produz alguma forma de desilusão. Mas, após uma grande desilusão, sempre surge uma grande verdade, do mesmo tamanho ou maior que a própria desilusão.

Hug havia entrado em contato com a realidade cíclica reinante nesta dimensão terrena. Ele sabia que, após o aquecimento da água que provoca sua explosão vertical, no formato de um gêiser, acontece o seu resfriamento e reingresso no solo, para então sofrer novo aquecimento e nova explosão vertical.

Após um período de chuva, sempre vem o resplandecer de um alvorecer ensolarado. Depois de um período belicoso, sempre vem a paz. Após a morte, sempre vem a vida. Até mesmo porque ostra feliz não produz pérola. Deve haver a invasão, a dor do ferimento causado pelo objeto estranho, o sofrimento; quem sabe até desilusão e decepção, por ter sido assenhoreada em seu espaço. Tudo isso é necessário para que então se inicie o processo de proteção e consequente produção da pérola. Caso contrário, será uma ostra vazia.

Observando e agora participando da história da Terra, Hug constatava a existência dessa alternância. Ele lembrou que, após a primeira guerra mundial, terminada em novembro de 1918, o mundo tornou-se triste. Tantas mortes e tanto sofrimento levaram muitos a um estado depressivo. Não foi por acaso que, após o período belicoso, surgiram os estúdios de Walt Disney, trazendo alegria a todos com seus personagens, com suas brincadeiras, com sua irreverência, e principalmente com toda sua magia. Após uma grande depressão, surgiu então uma grande alegria; após um grande sofrimento, surgiu uma bela magia.

Depois da grande desilusão e de seu toque no vazio, Hug teve uma visão consciente da verdade. Talvez fosse a percepção real de si mesmo e do mundo, o grande encontro com o eterno agora, um novo sentir da mesma realidade, um reencontro e a relembrança de AVA. Mas ele precisou ser invadido pelo vazio e pela grande decepção, que lhe causaram dor, apreensão e sofrimento, para que seus processos internos pudessem produzir pérolas em sua existência.

Imerso em percepções que ultrapassavam os limites da pequena condensação temporária de matéria, Hug agora sentia a própria interiorização na pele de uma lagarta, por intermédio de seu ingresso no casulo. Mergulhado na escuridão silenciosa, ele sentia a própria morte no corpo do pequeno ser. Mas, ao mesmo tempo, provava do poder que libertava sua alma de seu pesado corpo, transformando a rastejante lagarta num ser alado – um ser que podia alçar as alturas de forma semelhante ao espírito de águia que habitava seu coração.

Hug ainda estava confuso, mas cada vez mais sentia que o ciclo de transmutação da lagarta ocorria em sua vida. Ele estava adquirindo asas. Assim, deixaria de rastejar, para alçar novos voos nos céus azuis de AVA.

Depois de passar por essa metamorfose, a águia já não se lembrava mais de seus hábitos de galinha. Seus sentimentos e suas ações agora eram movidos por uma forma de consciência una e inseparável, e essa consciência passou a ser a senhora de sua vida. Ele simplesmente parou de acreditar em todos os seus credos anteriores, e as coisas das quais ele nem sequer sabia da existência passaram a se tornar verdades cristalinas.

Não havia esforço nenhum. Ele simplesmente enxergava tudo diferente. Uma lucidez havia se instalado, e ele passou a ver a verdade. Não uma verdade lida ou aprendida, mas uma verdade que jorrava do vazio *avano*. Algo absoluto, que dispensava explicações ou justificativas. Uma sensação sobrenatural, que somente podia ser explicada pelo silêncio face à inexistência de palavras.

Sensações indescritíveis passavam por Hug: o poder atômico de milhares de sóis, que agora era sua energia de vida, bem como uma expansão infinita e interuniversal. Paradoxalmente, aquilo era o seu lar e cabia na palma de sua mão. Sua conexão com a eternidade o transformara num participante criador.

Antes, ele era isolado, mas agora estava ligado a tudo e a todos: às pessoas, aos animais, às árvores, aos rios, ao mar, às plantas, à Terra e à AVA. Por consequência, ele era parte integrante do tecido universal, compondo seu estofo, do macro ao micro, do cosmos às partículas elementares subatômicas, até mesmo porque para ele não parecia haver nenhuma diferença nisso tudo.

Uma inefável sensação abria uma fenda na realidade visível e perceptível da Terra, ocultando a ilusão e desnudando outras dimensões da realidade. E então, para ele, o tempo era o espaço, e o espaço era o tempo. Ele via o tempo na matéria, mesmo sabendo que a matéria era o vazio.

Não havia como verbalizar o que sentia. Na verdade, ele não tinha mais necessidade de falar, pois dessa interconexão ele compunha tudo. Por isso, era também as nuvens, e intervinha diretamente nos processos elétricos que produziam raios e trovões, transformando-os em cada gota de chuva.

Hug se encontrava em seu estado puro e estava caindo, pois acabara de ser parido pela nuvem-mãe. Cada vez mais sua velocidade de queda aumentava, até chegar ao ponto de estabilização. Sentia a força do vento sobre seu corpo arredondado e fazia grande esforço para manter a própria vida, agarrando-se à matéria que lhe dava forma. Seu corpo crescia à medida que encontrava novas partículas que lhe agregavam matéria.

A resistência do ar era insuportável e o deformava, quase rasgando seu peito. Seu corpo ia adquirindo um novo formato, esticando-se instavelmente em volta da bolha de ar, como um paraquedas. Ele lutava com todas as forças para manter coesa a própria forma, mas a força do ar não perdoava e impiedosamente rasgou seu peito.

Hug simplesmente explodiu, transformando-se em inúmeras outras gotinhas menores de água que, apesar da separação, permaneciam ligadas, sendo parte integrante dos dezesseis bilhões de litros de água que caem a cada segundo sobre a Terra em forma de chuva.

No formato da pequena gota, através de sua trajetória, ele pôde visualizar toda a vida, desde seu nascimento físico, passando por todas as intempéries e chegando à morte, para então, por meio da explosão, novamente retornar ao ventre da nuvem-mãe, docemente conduzido nos braços de anjos *avanos* que na Terra se chamam evaporação. Nada mais havia a ser dito, pois a experiência por si já bastava.

Sua percepção foi se agigantando, e ele passou a provar do que estava acontecendo ao seu redor. Sentia a presença de outros, como a aproximação de alguém, mesmo sem ver ou ouvir com os sentidos físicos. Sua gradativa mudança de planeta proporcionava transformações extraordinárias e incompreensíveis, e ele passou a intuir quando algo aconteceria.

Desobstrução

Uma grande desobstrução estava passando pela existência de Hug, libertando inúmeros canais. Era como se algo tivesse ficado represado durante muitos anos, ou talvez muitas vidas. De repente, o dique havia se rompido, espalhando a água da consciência por inúmeros campos, em vários níveis, irrigando os poros da epiderme da vida.

Depois da grande desilusão, ocorreu também essa grande desobstrução das coronárias de sua existência, permitindo que o *chi*,[20] também chamado de energia vital, fluísse com leveza e naturalidade, irrigando as artérias de sua existência e devolvendo-lhe a energia vital. As geleiras do irreal foram se diluindo e se transformando em água, diante do calor dessa nova realidade. Descendo a montanha, essa água foi ganhando corpo, então passou a inundar os verdejantes campos de todas as áreas de sua vida.

---

20. Vide nota de rodapé nº 13, p. 49.

As características de um avano estavam se incorporando à sua vida. Por isso, sua visão se alterou, a audição não era mais a mesma, a intuição havia se instalado e uma gigantesca compreensão tomava conta de todo o seu ser – não uma compreensão no sentido de ser compreensivo com os outros, mas de efetivamente sentir a realidade, que somente poderia existir no exato momento presente.

Hug provava do poder e da força que faziam morada naquele exato instante da existência, e aquele instante passou a ser a única coisa presente para ele. Na verdade, esse átimo de eternidade sempre foi a existência única, total e real. Ele é quem não conseguia perceber, nem sentir.

O estouro do dique proporcionou uma forma de acessibilidade às veredas internas. Estamos falando de um tema muito comum na atualidade e bastante aplicado a pessoas com algum tipo de deficiência física ou mobilidade reduzida. A acessibilidade, tanto na arquitetura quanto no urbanismo, vem ganhando contornos de grande importância ao propiciar a inclusão das pessoas, por intermédio da possibilidade de acesso. A área de tecnologia também vem desenvolvendo programas que facilitam a acessibilidade aos serviços por meio da internet.

As portas estavam abertas. Hug não podia acessar os serviços ou coisas externas, mas os caminhos internos. Não que os externos não tivessem a sua importância. Por intermédio dessa experiência, ele se habituou a caminhar pelas sendas infindáveis do mundo interior, que parecia pequeno, mas se descortinava maior que todo o universo. Ele percebia que, enquanto não sentíssemos as entranhas de nossas almas, seríamos igualmente deficientes e portadores de mobilidade reduzida.

Esse desequilíbrio entre o externo e o interno era a raiz do problema da inconsciência no planeta Terra e em grande parte do universo. Para ele, era fundamental que fosse feita a junção desses opostos, afastando-nos do antigo conceito cartesiano separatista, que lançou em polos opostos o corpo e a alma.

Hug insistia na importância do imediato ingresso nas matas internas, pois percebia muito claramente o desequilíbrio pendendo ao externo. Essa desarmonia fazia com que as pessoas perdessem o contato com seu eu verdadeiro, o que significava uma perda de mobilidade interna. Isso é uma lástima, pois a mobilidade externa não o conduz até muito longe.

Uma sensação partia do entorno de Hug e se transformava em palavras: *Da mesma forma que uma pessoa com mobilidade reduzida precisa de mecanismos que propiciem o acesso, o indivíduo que nunca intentou a autoimersão precisa de mecanismos que indiquem a existência das autovias internas, para então iniciar a grande e verdadeira viagem por intermédio do veículo de sua alma.*

Ele via que a maioria esmagadora das pessoas era deficiente de mobilidade interna. Isso era muito mais grave, pois portadores de necessidades especiais, mesmo sem se moverem, poderiam provar do leve e agradável caminhar sobre as águas de seus mares internos, enquanto que os outros, mesmo com todos os seus movimentos e até por isso, nada sabiam sobre si, e menos ainda sobre as calmas veredas da existência.

Hug observava que, na maioria das vezes, os deficientes físicos acabavam desenvolvendo outras capacidades e outros modos de sensibilidade que os faziam, de certa forma, suplantar ou ao menos amenizar a deficiência.

Stephen William Hawking, físico teórico, cosmólogo britânico e um dos mais consagrados cientistas da atualidade, é um exemplo disso. Sem praticamente qualquer mobilidade externa, por ter sido acometido aos 21 anos de idade por uma doença degenerativa conhecida por ELA – Esclerose Lateral Amiotrófica –, ele desenvolveu a capacidade de voar, tal qual uma águia avana nos céus infindáveis do interno. Como professor lucasiano de matemática, ele ocupou o importante posto que fora de Issac Newton, Paul Dirac e Charles Babbage.

Uma curiosidade: entre 1950 e 1953, quando Hawking era criança, ele estudou na St. Albans High School for Girls, pois era comum que garotos de até 10 anos fossem educados em escolas para garotas. Nessa época, a exemplo de Albert Einstein, Hawking não foi considerado um aluno excepcional, permanecendo apenas na média de um bom aluno.

Após a perda da mobilidade externa em razão da doença, Stephen Hawking com toda certeza ganhou muito em mobilidade interna, que o levou ao desenvolvimento de outras capacidades – dentre elas, sua extraordinária capacidade intelectual mundialmente reconhecida.

Hug ainda ensaiava seus primeiros passos nesses caminhos, mas já sabia que a verdadeira mobilidade era a interna. De que adiantava enxergar as ilusórias formas externas, sombras da existência, se não conseguisse ver o original criador de todas as formas, o vazio dentro de si mesmo? O externo adquire novos contornos quando a visão interna já está desenvolvida. Caso contrário, a regra será um sentir míope, e a visão será de uma projeção sobre a tela, não a realidade.

Para Hug, o rompimento do dique foi uma forma de acessibilidade que permitiu que as águas invadissem todas as suas camadas internas. A torrente invadia e desbloqueava sentidos, percepções e intuições, e o presente se fez único – um estado uno e indivisível, onde tudo era e sempre foi. Não havia nada fora do exato agora.

Como não podia ser diferente, a inundação atingiu também a área cerebral e intelectual de Hug. O que antes parecia ser de difícil assimilação passou a ser muito simples, muito fácil. O que era uma difícil leitura passou a ser algo muito tranquilo e banal. Algo que ele não conseguia compreender tornou-se naturalmente compreensível, sem nenhum esforço. Não havia mais nada que ele não pudesse assimilar. Não existiam mais textos ou estudos incompreensíveis. Bastava ler uma única vez, que tudo saltava aos seus olhos e à sua compreensão.

Hug passou a ler obras técnicas, consideradas de elevada complexidade, que antes ele nem sequer tinha a coragem de iniciar. Ele lia com a mais absoluta compreensão, e tudo muito naturalmente. Coisas que eram difíceis pareciam brincadeira de criança.

Convidado por seu filho menor, Hug experimentou esportes novos. Passou a ter aulas e a jogar tênis. Ainda mais surpreendente, ele passou a andar de skate com seu filho mais velho. Hug nunca havia parado em cima de um skate, nem sequer tinha coragem de tentar, mas, de repente, já estava "mandando ollie".[21]

Do *shape* – nome dado à prancha de skate – ele pulou para a prancha de surf e em seguida tomou gosto pelo

---

21. Uma expressão usada por praticantes do esporte que corresponde a um tipo de manobra, por meio da qual o skate sobe e o skatista deve cair sobre o shape, que é a prancha de madeira do skate. Resumidamente, o skatista deve pressionar o pé de trás e arrastar o pé da frente, levantando os joelhos o máximo possível, fazendo com que o skate suba, e descendo com os dois pés ao mesmo tempo sobre ele.

kitesurf,²² um esporte surgido recentemente na França. Hug agora velejava nas ondas do mar.

Às vezes percorria longas distâncias, saltando sobre as ondas e realizando manobras. Em outros momentos, simplesmente acompanhava o movimento das águas, deleitando-se com a paisagem. Ele adquirira um controle absoluto do *kite* em perfeita harmonia com a prancha.

Hug se entregava ao esporte e seu corpo repousava nos braços do vento que o carregava suavemente, tornando estáveis seus passos sobre o oceano.

Kite, prancha, vento e Hug eram um só e tudo funcionava com perfeição. Um simples toque nos cabrestos por meio dos comandos e o vento respondia elevando seu corpo às alturas, para em seguida descer com suavidade ao encontro daquela imensidão de água salgada, que se fazia doce ao acariciar sua face, refrescando-o do forte calor.

A sensação era de liberdade. Hug voava livremente fazendo a união do céu com o mar, do sol com o sal, do vento com a pipa, dos pés com as mãos e da limitação com a superação.

Ele era peixe e ao mesmo tempo águia. Como um cordão umbilical, uma linha que partia de seu umbigo lhe fornecia o alimento de seu flutuar.

Já se sentindo uma espécie de super-homem, ele começou a se aventurar em uma área, dentre tantas outras, sobre

---

22. *Kitesurf*, também conhecido por *kiteboarding* ou *flysurf*, é um esporte aquático radical. Os praticantes se utilizam geralmente de uma prancha bidirecional e de uma pipa chamada de *kite*, que tem um formato de arco e é feita de talas insufláveis que lhe fornecem perfil aerodinâmico e estabilidade, não o deixando submergir nas águas do mar. A pipa permanece ligada ao praticante por meio do trapézio, um equipamento que é ligado às linhas de comando do *kite*. A invenção coube aos irmãos franceses Bruno e Dominique Legagnoux.

a qual nunca sequer havia lido ou estudado uma linha que fosse, e pela qual nunca teve interesse. E, quase que magicamente, Hug foi conduzido a ler sobre física moderna. Ele acabou encontrando muitas explicações para diversas coisas que estava sentindo e pelas quais estava passando. Por isso, esta obra tratará de algumas coisas breves sobre física, que encantaram e continuam a fascinar Hug.

Nosso personagem achava que sua experiência já havia chegado ao seu limite, mas, estranhamente, sua percepção continuava aumentando e adentrando infinitas outras dimensões, como se realmente não houvesse fim. A cada novo passo do andar da existência, a realidade se desdobrava, abrindo um novo leque maior que o anterior.

A lembrança de um mundo já provado, talvez já vivido, voltava à memória de Hug. Ele se sentia perfeitamente integrado ao movimento de uma chama maior, que fornecia energia a todas as demais chamas. Sua percepção, face à ausência de separação, atingia situações longínquas, apesar da ilusão das distâncias já haver se dissipado. Ele passeava por mares desconhecidos, ao mesmo tempo em que permanecia em si mesmo. A cada ser que nascia, algo acrescia em Hug, e cada ser que desencarnava levava algo dele, porém sem que nada fosse retirado, pois permanecia eterno numa dimensão mais sutil.

Solavancos de realidade despertavam Hug de seu sono terreno e fendas na realidade abriam novos portais de acesso a AVA. Em uma má comparação, ele estava diante de um "buraco de minhoca",[23] com a diferença de que, mesmo transposto para AVA, ele continuava na Terra.

---

23. Em física, "buraco de minhoca", também chamado de "buraco de verme" é um termo criado pelo físico americano John Archibald Wheeler em 1957,

Sono profundo

Do alto da montanha do despertar, onde a grande águia já havia deixado o bico, as garras e se aliviado das pesadas penas,[24] ela conseguia visualizar toda uma vida de adormecimento. Como o sono havia sido muito longo, o despertar também trazia consigo sua intensidade. Um grande e profundo sono produz também um grande e profundo despertar, e é por isso que Hug acreditava num grande despertar da humanidade.

De certa forma, Hug estava passando por seu momento de crisálida, através do autoexílio em total silêncio em seu casulo escuro da grande decepção. Então, desse local, seu pesado corpo transmutou-se numa crisálida, de onde nasceram inúmeros anjos inefáveis, que propiciaram o ingresso de uma visão mais avana do mundo em que vivia.

Se alguém aconselhasse que nos fechássemos em um casulo, num sono de morte e transformação, com toda a certeza o medo e a dúvida seriam enormes e intransponíveis. Mesmo diante da promessa de adquirir asas, o medo da morte e a incerteza do que viria impediria que nos entregássemos à escuridão desconhecida. Se a lagarta tivesse uma mente evoluída

---

apesar da teoria já haver sido proposta pelo matemático alemão Hermann Weyl em 1921. É, em essência, um "atalho" existente no tempo e no espaço, por meio do qual a matéria poderia viajar de um lado ao outro da galáxia, por exemplo, podendo inclusive retornar ao mesmo lado antes mesmo de ter partido, em razão da existência de distorções no tempo-espaço.

24. Estamos fazendo alusão ao conto da águia, muito utilizado como forma de incentivo e autoajuda. Para continuar viva, já cansada aos 40 anos de idade, ela subia até o alto de uma montanha e se automutilava, arrancando o próprio bico e as garras, a fim de promover uma renovação em si mesma que possibilitaria uma sobrevida de mais uns 30 anos.

ou involuída como a nossa, e a capacidade de desenvolver pensamentos como os humanos, com toda certeza não haveria borboletas no mundo, ou o seu número seria bastante reduzido e insignificante, da mesma forma que raramente vemos um iluminado, um desperto.

Entretanto, não há omelete sem quebrar os ovos. Não há borboletas sem a morte da lagarta. Não há manifestação do divino sem a morte do ego. Não há inspiração e criatividade sem o desligar da mente. E, finalmente, não há vida sem a morte.

Nas palavras do ministro aposentado do Supremo Tribunal Federal brasileiro, Ayres de Brito, "sem o eclipse do ego ninguém se ilumina". Não há como iniciar a cavalgada da vida sem montar o cavalo do "agora".

Para o grão duro de milho se tornar uma macia pipoca, deve ser aplicado o calor do fogo, que provocará a explosão do grão – algo muito parecido com a explosão a partir de dentro trazida por Krishnamurti[25] –, dando-lhe leveza, e alterando suas cores e formas.

Quando Hug pensava que o furacão avano havia passado, novas e inexplicáveis experiências surgiam, com redobrada força e poder. Elas o surpreendiam positivamente, alterando totalmente sua existência e transformando o momento seguinte em algo absolutamente imprevisível.

E então, de forma inédita, como se a vida quisesse recuperar o tempo perdido, AVA lhe devolveu a capacidade de sonhar. Todas as noites, enquanto dormia, Hug tinha sonhos com muitas coisas. A qualidade de seu sono, antes

---

25. Jidu Krishnamurti discorre sobre o tema em sua obra *Liberte-se do passado*, sugerindo a inversão dos caminhos. Ao invés de partir da periferia para o centro, ele sugere que provemos da transformação a partir de dentro, por meio do que chamou de "explosão a partir do centro".

conturbado, foi sendo extraordinariamente elevada. Eram sonos profundos e nítidos, recheados de experiências oníricas elaboradas que, na manhã seguinte, eram plenamente relembradas por ele, em seus mínimos detalhes. Seu sono produzia um perfeito descanso e o total restabelecimento.

Na verdade, Hug foi tomado por uma avidez incontrolável por sonhar. Ficava aguardando o momento de dormir, para entrar em tantos e infindáveis sonhos. Ele adorou essa nova fase de sua vida, pois a sensação era muito boa, agradável e salutar. Era muito deleitante sonhar daquele jeito. A cada noite, ele visitava seu planeta de origem, transformando-se em avano ao beber do cálice de Morfeu.

Sem entender o que ocorria, Hug buscou pesquisar sobre o tema. Então, descobriu que os sonhos são fundamentais e indispensáveis para a vida do ser humano, e até mesmo dos animais. Eles são essenciais especialmente para nossa saúde mental. Segundo pesquisas científicas, a supressão da fase REM[26] do sono, por exemplo, é altamente prejudicial, podendo levar inclusive a um quadro de demência.

O misterioso e complexo mundo de Morfeu escondia segredos em cada uma de suas fases. Em última análise, era um retorno ao divino universal cósmico, em especial em sua fase mais profunda, sem sonhos.

Zaratustra dizia que todos os sábios conheciam a arte de dormir sem sonhos e que não havia maior sentido para a vida. Hug havia encontrado um novo sentido para a simples prática de dormir. Ele entendeu por que, neste nível de

---

26. A sigla REM tem por significado Rapid Eye Movement e é a fase do sono na qual se manifestam os sonhos mais vívidos e nítidos. Esta fase é caracterizada por intensa atividade cerebral, muito parecida com o estado de vigília e os olhos se movem rapidamente.

existência, passamos dormindo durante uma média de trinta voltas que a Terra dá em torno do Sol, numa vida de noventa anos. Para ele, dormir havia se transformado num passeio pelo vazio, que lhe proporcionava uma nítida sensação de nascer de novo. Isso trazia em seu bojo uma alegria inocente e pueril há muito esquecida, mas que era muito intensa no tempo em que ainda era uma criança.

Hug passou a reviver intensamente alguma forma despretensiosa de felicidade. Sensações da infância tomaram conta de seus dias, e até mesmo o ato de respirar havia adquirido uma nova dimensão de prazer.

Vislumbres de comparação golfavam dessas novas experiências sensitivas, e Hug percebeu claramente a involução a que o ser humano é submetido à medida que vai se tornando adulto. Ele observava que sua própria inteligência de águia avana havia se deteriorado no galinheiro de sua existência.

Hug caminhava e percebia, carninhava e sentia, via fora e via dentro. Em dado momento, seu corpo foi perdendo a definição de suas formas e adquirindo uma leveza que o possibilitava voar. Dessa vez, não sobre um ônibus, mas por infinitas galáxias e planetas.

Em dado momento, ele presenciou algo extraordinário: os planetas de inúmeras galáxias estavam se alinhando, um fenômeno que raramente acontece no universo. Ele ficou observando atentamente e, no meio dos planetas, pôde distinguir claramente a presença daquele sol que o visitara em seu quarto naquela noite escura, mas iluminada.

O movimento universal conduzia os corpos celestes a um alinhamento perfeito. De repente, fez-se uma perfeita linha reta de planetas que cortava o universo. Hug sabia que algo de extraordinário aconteceria. Como um bálsamo, quando ele retornou à Terra, um grande prêmio em espécie lhe foi entregue.

Hug foi tomado por um riso pueril, pois havia tocado na reserva do extraordinário. Ele sabia, intuitivamente, que nada mais lhe faltaria na Terra nem em lugar algum. Sua existência de galinha estava com os dias contados, pois não haveria mais necessidade de ciscar em busca de alimentos.

E coisas inéditas continuaram a acontecer em sua vida. Um movimento novo teve início, promovendo novos encontros e afastando antigos hábitos. Ele vergou o bambu, agora renovado e viçoso, da vida outrora inflexível, e deixou para trás a incansável luta contra os ventos bravos, que se transformaram em suaves e acolhedoras brisas, aliadas no desenvolvimento da coreografia da vida.

Diante da sinergia desse vento ponteiro, antigos esconderijos foram descartados, pois o espaço da fuga já havia sido preenchido pela verdadeira existência em AVA.

Seus relacionamentos se alteraram, e Hug passou a construir as primeiras relações verdadeiras de sua vida. Antes, ele não existia; agora, passava a existir. Na verdade, ele passou a existir quando deixou de querer existir. A energia mágica era incessante. Então, aconteceu algo mais inédito e surpreendente.

INCLINAÇÃO DO EIXO

A força da aproximação de AVA sobre a existência de Hug provocou a inclinação de seu eixo, trazendo uma nova primavera. A exemplo do que ocorre na Terra, começaram a verter de dentro dele flores em forma de palavras e frases, que insistentemente seguiam seu destino, somente encontrando descanso ao repousar sobre folhas em branco que com tempo iam adquirindo corpo e coerência.

Hug estivera preso, e sua liberdade era constantemente readquirida no momento em que permitia que as palavras abandonassem seu espírito e seguissem seu próprio caminho.

Alguma coisa vinha de AVA, trazendo consigo mensagens que passavam por ele. Bastava que ele não impusesse diques para que as águas seguissem seu curso, revelando rebentos de criatividade que magicamente brotavam da gigantesca árvore imaterial de AVA. A escrita fluía tal qual a seiva, através do floema.

Hug não tinha controle de nada. Mas, como já havia abandonado suas resistências, passou simplesmente a observar e a ser grato pelos momentos em que o fluxo passava por ele. Nessas ocasiões, que vinham se tornando cada vez mais frequentes, ele buscava anotar tudo, sem parar. Ele procurava não atrapalhar e, ao mesmo tempo, nada criar; somente deixava que o texto seguisse seu próprio rumo.

Como um riacho de criatividade, cuja nascente se encontrava em seu planeta de origem, algo passava por ele, ofertando-lhe água pura e cristalina. A água refrescava a existência, irrigava sua mente e propiciava vida em abundância, não somente a Hug, mas a todos os conectados.

Todos podiam usufruir da água, mas ela não era de ninguém. Ela passava e ia embora. Não havia como capturá-la, e isso nem era necessário. O fluxo era contínuo, e outras águas vinham em seu lugar.

A pequena gota de orvalho havia se transformado num gigantesco mar avano. Com isso, a própria Terra se tornara mais úmida e fecunda, deixando para trás a antiga aridez.

Todo o processo somente era possível no exato instante em que acontecia. Nos momentos em que Hug abandonava seu planeta de origem, a coisa toda se esvanecia. Tudo se dissolvia e desaparecia; na verdade, nem mesmo surgia. Quanto mais ele aceitava suas origens e seu inevitável planeta AVA, mais a percepção se aguçava e os horizontes se ampliavam; quanto menos ele tentava, mais acontecia.

Depois de passar por tantas experiências, Hug realmente se sentia diferente. Por isso, abandonou sua profissão e passou a somente administrar seus negócios à distância – por uma questão de necessidade financeira, senão nem isso ele continuaria fazendo. Não mais conseguia participar e compartilhar do espetáculo grotesco, patético e de mau gosto chamado de sociedade civilizada, com toda sua encenação e culto a uma inconsciência cega.

A escrita continuava a buscar caminhos através dele; escapava por frestas e revelava sua luz. Ele sentia uma forte necessidade de dizer a todos que aquilo que estavam vendo não era a realidade – era a ilusão de *Maya*[27] encantando a todos. Ele precisava gritar que o chamado reino dos céus era a coisa mais democrática do mundo, pois estava à disposição de todos.

O furacão do grande vazio, acompanhado pelos fortes ventos da grande desilusão, foi determinante no sentido de propiciar uma guinada em sua vida. O vazio o colocou frente

---

27. *Maya* é um termo muito usado pelas religiões e filosofias do oriente, em especial no hinduísmo e no budismo. É uma palavra composta pelo termo sânscrito "mâ" que tem o significado de construir, formar ou medir, significando também ilusão ou aparência, e pela palavra "ya" que significa aquilo. A chamada ilusão de *Maya* é a ilusão da matéria, do mundo físico, a miragem ou alucinação do mundo manifesto. Segundo a filosofia hindu somente o absoluto é real, o restante seria somente uma ilusão.

a frente com uma nova forma de realidade mais próxima de AVA e, consequentemente, mais distante da Terra.

Tolices

Uma doce harmonia foi se instalando, bem como um suave esperar sem nada aguardar, uma certeza da verdade, uma compreensão da ignorância, um contato profundo com a tolice, e a visualização da ilusão que se esvaecia. Principalmente, crescia a convicção inabalada de que participara e estava participando de alguma forma de transmutação, que sempre esteve à disposição de todos.

As bobagens repetidas há milênios por tantos considerados santos e pregadores, e por muitos outros, não se constituíam em verdades, e isso precisava ser dito. O choque precisava ocorrer, caso contrário ficaríamos mais alguns milhares de anos na mais absoluta inconsciência.

Hug sabia que, quando provássemos da própria alma, ficaríamos tão inebriados que não mais desejaríamos retornar ao mundo dos egos. Entretanto, nesses casos, quase sempre acontecem separações, trocas de identidades, trocas de profissões e abandonos de toda natureza, inclusive da própria fala, da verbalização por meio das palavras.

Não pense que a presente obra caminhará no sentido de passar a mão em sua cabeça, mantendo sua ilusão e encantamento. Não. A experiência de Hug, ora compartilhada, visa quebrar os paradigmas, bem como quebrar tudo o que está sendo dito e repetido por milhares de anos, pois é exatamente isso que o impede de acessar o real.

O desejo de Hug por tudo de maravilhoso que estava experimentando era explodir os padrões, pois era a única forma de mantê-lo vivo, nem que isso custasse o que ele tinha de estabelecido, como profissão, estado civil, amigos e religião. E, no mais das vezes, vai custar mesmo, caso tenha a coragem e a ousadia de adentrar o inefável e único planeta avano.

Sim, claro que vai, pois esse é o preço. Porém, para quem tem a coragem de pagar, a recompensa com toda certeza será o acesso à eternidade do agora. É melhor que seja dito dessa forma, para que não haja confusão com as promessas religiosas de vida eterna após a morte, depois do transcurso de uma vida de sofrimentos.

A grande desilusão foi muito importante para Hug, na medida em que o levou a um choque, e esse estado acabou por conduzi-lo a uma forma de despertar de um pesadelo de inconsciência. Não há como dizer isso de outra forma, pois foi o que aconteceu com ele.

Não se trata da defesa da figura de um iluminado santo, mas tão somente o conceito de alguém que pauta a própria existência em seu dia a dia, por meio da realização de suas atividades ou da ausência delas, em estado de observação.

Se o seu encontro com a obra não proporcionar o degustar de uma nova vida, então não terá sentido ou provado nada do néctar aqui vertido. Mas, se o livro flertar com seu coração, então se prepare, pois poderá enamorar-se das mudanças radicais, então latentes, em sua existência.

Quando a percepção da consciência é alterada, a percepção da própria vida também muda, da mesma forma que a presença do observador provoca a alteração do estado de um fóton, metamorfoseando-o de partícula em onda, segundo experimentos da física quântica.

Então, bobagens não mais serão aclamadas como coisas sábias, e gotas de sabedoria não serão rechaçadas como tolices. O sábio não será objeto de risos decorrentes da incompreensão do que foi dito, algo muito comum no atual estágio da humanidade na Terra.

Hug percebia que, infelizmente, no mundo de hoje, o ensinamento sábio é inversamente proporcional à aprovação, mas diretamente ligado ao riso e à chacota. E a regra também tem sua aplicação ao contrário no que se refere a algo tolo, mas que provoca a reação de aprovação. Ele sabia que a natureza essencial e verdadeira de qualquer coisa não podia ser compreendida pela mente, pelo intelecto. Todos a descartavam como algo absurdo ou tolo, pois a existência das pessoas estava pautada pelo mental.

Por outro lado, Hug observava que uma bobagem dita com lógica encontrava coerência por meio do crivo analítico intelectual e logo adquiria contornos de uma verdade. Por isso que o indivíduo concorda com uma besteira qualquer na qual encontre lógica intelectual, mas discorda de uma verdade que não pode ser compreendida pela mente e, consequentemente, passa a ser ilógica. Tudo que não tem lógica é considerado uma tolice.

É como o axioma da geometria euclidiana clássica, também chamado de postulado. Ele não é demonstrado ou provado, mas, por guardar uma apresentação lógica formal e ser óbvio, é aceito como algo verdadeiro.

Por isso, as bobagens vêm sendo repetidas e se tornam verdades há milênios. Quando pronunciadas, todos concordam com rostos sérios, pois a inconsciência é tamanha que não há espaço para o questionamento. Então, a aceitação do tolo torna-se algo natural, indiscutível, inquestionável.

Assim, diante dessa realidade, a simples menção de algo sábio soará ignóbil, engraçada, hilária, pois não estamos acostumados a sábias verdades, mas somente conhecidas e repetidas tolices. Hug se lembrou de inúmeras experiências pessoais nas quais havia presenciado fatos dessa natureza, mas a sabedoria foi alvo de riso e a tolice aplaudida.

Com o tempo, Hug se acostumou a caminhar por dentro daquele espaço vazio, daquele oco, daquele nada eterno e imortal que encontrou dentro de si, no momento da grande e sagrada desilusão, do grande e sagrado vazio. Aquele nada que também está dentro de cada um de nós. Agora, aquilo tudo se tornara um pouco mais familiar e extremamente agradável, sem tantos cantos assustadoramente escuros; quando estes surgem, são imediatamente arejados pelo sol que adentra através das janelas da observação consciente.

Este livro é dedicado àqueles que têm a coragem de adentrar este vão interno do agora, que puderam romper com os padrões socialmente estabelecidos e o politicamente correto, e receberam como recompensa a oportunidade eterna de tocar no puro ouro da própria essência imortal.

Este livro é para os alquimistas da própria existência, bravios desbravadores de si mesmos, que tiveram a coragem de aceitar o poder transformador divino. Poder que, a um simples toque de consciência, vem metamorfoseando a própria vida, e por conseguinte colaborando com a transmutação dos demais e do próprio universo.

Hug tentava atravessar e se desviar da traição e do engodo que toda forma de palavra traz consigo. Ele buscava, por meio das palavras – devido à ausência de outra forma material de registrar seus pensamentos –, atingir um local em sua vida em que elas fossem desnecessárias. Local em que todas as verdades já se encontrassem latentes, aguardando tão somente serem relembradas e acessadas.

Hug sabia que estava lançando o gérmen, para que no momento adequado ele pudesse brotar, transformando toda sua vida numa frondosa e gigantesca árvore, cujas raízes se aprofundariam em suas camadas internas, dando-lhes a sustentação necessária para que seus galhos se lançassem com segurança rumo aos céus, até atingir a totalidade do universo.

Se essa pequena faísca atirada encontrar todo o combustível etéreo e eterno latente em cada um de nós, então haverá uma explosão transformadora radical, que nos levará a conhecer e transitar pelas sendas da consciência e da iluminação.

Agora Hug quase não se lembrava mais de sua vida na Terra, pois seu espírito já estava em AVA. Ele ouvia insistentemente um grito saindo de dentro de seu peito. Era o sonido da águia que ecoava por muitos mundos.

Ele era como nós, mas de seu corpo translúcido e leve agora exalava um halo de luz perfumado, que nos convidava a uma experiência de amor. Ele estava mais fluídico e parecia que ia desaparecer, mas na verdade estava voltando para o lar.

Pairando sobre as termais, a águia observava todo o planeta. Entregue ao imanente cósmico e aceitando suas ordens, ela iniciou um movimento circular da esquerda para a direita, desenhando um grande e perfeito círculo. Ao completar a primeira volta, sua velocidade aumentou, comprimindo seu corpo no vazio, que se fazia físico diante da força centrífuga.

Ela iniciou a segunda volta e intensificou a velocidade. Na terceira e última volta, de frente para o norte, a águia mergulhou no olho do próprio furacão e, fechando as próprias asas, ampliou ainda mais sua velocidade.

Seus olhos semicerrados lacrimejavam. Aulidos de chacais eram ouvidos, em razão do forte vento sobre seu corpo em seu mergulho. Suas asas, totalmente encolhidas, tremiam como vara de bambu. Com a velocidade, seu corpo se transformara numa peça pontiaguda, numa queda de encontro à morte. O choque com a Terra parecia inevitável.

A águia se aproximava rapidamente. Não era mais possível evitar o choque. Estava a poucos metros do solo, sentindo toda pressão do vento quase sufocante e segurando a própria respiração. Ela pensou que havia chegado finalmente ao auge de sua vida, o momento de seu mergulho na inconsciência. Então, subitamente, no instante em que ela pensou ser seu último suspiro, abriu-se uma fenda...

PLANETA AVA

Segundo a natureza da rotação, a noite escura da Terra chegará ao fim, trazendo um novo dia de AVA, cujo brilho das pétalas de luz lançado pelo sol transformará as gotas de orvalho em espelhos refletores da existência.

Glauco Ramos

Hug se encontrava flutuando numa dimensão desconhecida. Ele era mais leve, mais fluídico. Ele estava em AVA, e brincava de saltar em suas três dimensões planetárias, achando engraçado estar em três lugares ao mesmo tempo.

Apesar de tudo o que havia vivido, Hug percebia que era impossível explicar o planeta, pois ele era uno e era três. Aquela situação seria perfeitamente aceitável para quem lá estivesse, mas impossível de adentrar a mente humana em seu estágio atual.

Era um uno trino, inseparável, indissolúvel. Um todo completo, harmônico. As três partes interconectadas eram chamadas de tríade una. Aquilo era algo tão incrível que o melhor seria não tentar explicar, mas apenas vivenciar tal experiência de imersão na unicidade trina avana.

Hug estava de volta ao lar. Ele observava com felicidade aquele planeta único, que desde sempre orbitava na esfera de sua existência. Apesar de pequeno, era enorme. Do tamanho do universo. Na verdade, maior que o próprio universo, pois nem sequer tinha tamanho. Era algo imensurável.

Uma sensação boa havia se instalado em Hug, como se fosse seu primeiro dia de vida. Ele agora estava imerso naquela tríade. Era um avano de novo, e sentia que aquele mundo, juntamente com ele, flutuava em algo muito maior, talvez sem tamanho.

Agora em casa, Hug achou que poderia descansar, pois tudo de diferente que tinha que acontecer em sua vida já havia acontecido. Mal sabia ele que o inédito havia começado para nunca mais parar. Nessa dimensão, ele desfrutaria de um mundo indizível, presenciando e vivenciando o inefável.

Nesse novo mundo, o mais difícil para ele era descrever o indescritível. AVA era um ser vivo, uma única vida em três, que promovia de modo muito ativo as condições para a manutenção da própria existência e dos demais seres. Aquilo proporcionava uma perfeita interação dinâmica de tudo, incluindo, no aspecto físico, a litosfera, hidrosfera, criosfera, atmosfera; enfim, toda a biosfera. No aspecto imaterial, incluía todas as múltiplas e infinitas esferas da consciência – inclusive a chamada noosfera do filósofo francês Teilhard de Chardin[1] –, e todo o restante do universo.

Seus olhos estavam semicerrados, como forma de proteger-se da intensa claridade que existia no local ao qual ele não estava acostumado. Tudo era mais vivo e mais colorido naquele lugar, e a impressão que ele tinha era a de que milagrosamente enxergava com a totalidade de seu corpo. Um corpo total visualizando um mundo total que também o observava, de modo interativo.

Com a percepção alterada, Hug surpreendentemente notara que seu olho esquerdo, antes de seu ingresso no planeta, era bem menor que o direito. Era um olho esquerdo mirrado e encolhido, em razão de quase não ser usado. Ele podia

---

1. O francês Pierre Teilhard de Chardin foi teólogo, filósofo, paleontólogo, além de padre jesuíta. Sua obra tentou construir uma visão que integrasse a teologia e a ciência, buscando a reconciliação entre ambas. Chardin falou ainda sobre a noosfera, que se tratava da esfera do pensamento humano, considerada a terceira etapa do desenvolvimento da Terra.

sentir um olho direito muito grande, forte e viçoso, e um olho esquerdo pequenino, aparentemente doente e quase fechado.

Hug soube intuitivamente que tivera, durante muitos anos, um olho direito vivo e radiante, e um olho esquerdo atrofiado pelo pouco uso. A simples consciência desse fato já foi suficiente para abrir seu olho esquerdo, igualando-o ao direito, formando um todo pela primeira vez.

Descortinou-se diante dele o fato de que todos viviam pela metade. As pessoas se utilizavam de somente uma parte de seu corpo e, consequentemente, de seu potencial. Ser e viver pela metade havia se tornado um hábito, um vício inicialmente criado por nós mesmos e que já fazia parte do inconsciente coletivo, responsável pelo treinamento de nossos cérebros.

Hug via uma multidão de seres mancos de sua outra metade, movendo-se com uma perna, mexendo somente um dos braços, aceitando a visão através de um dos olhos e consequentemente provando da percepção somente da matéria, não do imaterial.

Da mesma forma que um membro sem estimulação com o tempo tende à atrofia, esse estado inconsciente de paralisia, como todos os demais estados, naturalmente produz consequências em nossas vidas, levando o membro esquecido ao definhamento.

Os acidentes vasculares cerebrais são um bom exemplo disso. Por causa deles, geralmente a metade do corpo fica paralisada, somatizando no físico as limitações psíquicas inconscientes. Mancos da mente tendem a produzir esse mesmo estado no corpo físico.

Hug agora era total e provava de um tempo real, por meio do qual o imaterial lançava seus reflexos proteiformes condensadores de matéria em multi e infinitas formas, como de pássaros que entoavam alegremente seus cânticos, produzindo melodias inebriantes ao mesmo tempo em que desenhavam a dança do imprevisível nos céus.

Simultaneamente, peixes travessos, que se movimentavam com desenvoltura e leveza ao doce sabor de um balé marinho dinâmico e sincronizado, desenhavam formas de um grande corpo que se alternava harmonicamente. Nele, cada espécie deixava de ser uma unidade para se tornar um todo interconectado e dinâmico, que se tornava maior que as partes, sem perder a individualidade.

E na harmônica confusão de seres tão distintos e ao mesmo tempo tão semelhantes, os balés se fundiam, numa sincronicidade de união do céu e da Terra. Aquilo tornava a dança nos céus uma extensão harmônica da dança aquática, e atingia com naturalidade o mais longínquo dos mundos, tanto na esfera macrogaláctica quanto na subatômica.

Participando da visão daquele espetáculo, Hug começou a dançar com os seres. Então, seus braços se tornaram asas de águia, que nadavam nas águas salgadas do céu para depois mergulhar no vazio dos mares. Ele estava achando tudo aquilo muito divertido.

Agora, Hug fazia parte de um todo orgânico e inseparável com cada planta, cada pássaro, cada peixe e cada ser. Todos se uniam a toda forma inorgânica, por intermédio da qual estranhamente cada ser era a totalidade, e o todo era cada ser. Era uma unidade simultaneamente sólida e fluídica. Uma interação complementar entre a matéria e o vazio, cujo dinamismo harmônico era sua realidade primeira.

Hug já havia sido recepcionado pela realidade local. Ele se sentia em paz em seu próprio lar, como se nunca tivesse saído dali. Ele desfrutava sem pudores daquele local aprazível, em que borboletas esvoaçantes o remetiam à lembrança de anjos. Simultaneamente, jorros impetuosos de mel transbordavam de árvores, sob a batuta da abelha rainha, produzindo um doce e prodigioso aroma que era alegremente carregado pela brisa até seu ponto de dispersão, não sem antes encantar os sentidos de todos que ali estavam, e mesmo dos que não se faziam presentes fisicamente.

Vivendo aquele momento, ele sorvia alegremente o sabor inigualável do puro mel, embriagando-se com aquele néctar ímpar, que infelizmente não existia na Terra.

A harmonia inerente ao planeta remeteu-o às lembranças inconscientes divinais de um universo cósmico de perfeição na totalidade, do qual todos os habitantes, coisas e seres faziam parte. Uma participação muito viva, embora esquecida em tantos mundos, era sentida de modo empírico, por meio de experiências pessoais tão comuns em AVA. Tratava-se de um sentir direto, sem palavras, explicações ou justificativas.

Hug, que estava se habituando à nova realidade, começou a perceber que todas as experiências que pareciam tão sobrenaturais na Terra eram perfeitamente normais em AVA. Elas aconteciam a todo o momento, com todo mundo. A unidade básica de todo o universo – um estado de interligação de todas as coisas e eventos – podia ser naturalmente sentida por todos, de forma muito profunda e real. Não existiam no local as armadilhas separatistas e classificatórias da mente.

Hug podia sentir a existência de uma sincronicidade no local que chegava a ser surpreendente. Todas as coisas aconteciam de forma natural e perfeita. Eram vidas sincrônicas, dinâmicas, interativas, complementares e perfeitas, que recepcionaram sua chegada como uma parte que faltava para completar aquele todo.

Nesse estado de dinamismo vivo e interconectado, todos os seres, coisas e eventos são fundamentais, pois compõem um todo que se interpenetra harmoniosamente. Nenhuma parte é mais importante que a outra. A unidade é concebida sem a perda da individualidade de cada um. Tudo isso fazia parte do cotidiano do planeta que, em sua própria concepção, já trazia o mistério da tríade una.

O mundo das formas tinha um valor relativo em AVA, pois era percebido como uma forma de ilusão. Por isso, era bastante comum que os avanos vislumbrassem um outro mundo, este sim real, que se passava através de um modo adjacente e concomitante com a realidade das formas. Era algo como sentir além da matéria. Algo como visualizar a matéria no vazio, e o vazio na matéria.

Transformações constantes

Quem vivia em AVA – e isso foi facilmente percebido por Hug –, não tentava corrigir ou consertar as outras pessoas. Ninguém se importava com os chamados "defeitos" alheios, pois nem sequer os enxergava; o assunto já havia sido resolvido dentro de si mesmo.[2]

---

2. Estamos falando da concepção junguiana do arquétipo da sombra, um tema que foi tratado na obra *Escuridão – fonte de luz*, do mesmo autor deste livro. A sombra é um arquétipo receptáculo dos aspectos reprimidos que, por essa razão, são lançados ao inconsciente, e desse local exercem um verdadeiro poder em nossas vidas. Uma das principais características dessa repressão é encontrar os aspectos reprimidos nas demais pessoas, através de um mecanismo de defesa conhecido por projeção. Aplicando-se ao tema em questão, os avanos não enxergavam os defeitos alheios em razão de já os haver enxergado em si mesmos, e por isso as projeções não

A prática mais comum era a auto-observação, procurando em si mesmo o que precisava ser mudado ou alterado. Mesmo quando cometido algum equívoco, não havia autopunições, mas sim a alegria de haver descoberto o erro, para assim poder repará-lo. Ao reparar o erro em si mesmo, todo o restante já estaria consertado.

Observando aqueles espíritos dóceis ocultados em formas humanas, envoltos numa pureza que na Terra seria confundida com ingenuidade, Hug se lembrou das dunas de areia. As dunas são submissas aos processos eólicos, aceitando com naturalidade suas transformações e novos formatos.

Assim eram os avanos. Eles formavam um conjunto dinâmico e mutante, em que inúmeras personalidades interagiam entre si com absoluta naturalidade, sem a necessidade da manutenção de uma única forma de agir e de pensar. A tônica era a mudança e a transformação constante.

Ninguém dizia "eu penso assim" ou "sou assim", pois no momento seguinte já poderia ser diferente ou se sentir de outra forma. Essa característica camaleônica, que no passado longínquo fora a razão da sobrevivência da raça humana na Terra, era vista em AVA como algo simplesmente natural, do cotidiano de todos.

Com essa postura diferenciada e inédita, Hug não se deparava com ninguém tentando provar seu ponto de vista nem defendendo esta ou aquela tese ou pensamento, pois ser diferente e alterar-se era o estado natural de todos naquele local.

Como nos ensinamentos de Ramakrishna, "*Jiva é Shiva*".[3] Naquele planeta, cada um era o seu próprio Deus, criador e

---

ocorriam. O assunto já havia sido resolvido dentro de cada um, através da observação consciente.

3. Expressão que quer dizer que cada indivíduo é a própria divindade.

criatura, observador e observado, mestre e aprendiz. Desse modo, as realidades eram criadas e recriadas a cada milésimo de segundo.

Conhecedores profundos das leis universais, cada avano criava a própria realidade, alterando assim o tecido da realidade geral. Entretanto, todos faziam isso com plena consciência, diferentemente dos habitantes da Terra, que de um modo geral criam o seu mundo e depois reclamam dele, colocando a culpa nos outros.

Hug começou a rir ao constatar que frases como "o que eu fiz para merecer isso?", tão comuns na Terra, não eram ouvidas naquela realidade avana.

Crianças, mesmo as que já haviam se tornado adultas, brincavam alegremente embaixo das vegetações e plantas, de onde emanava uma consciência real e profunda. Havia uma grande perfeição em tudo, fruto da união dos opostos e de tudo o mais. Seus habitantes tinham por hábito sorrir muito – um sorriso natural de quem sabe que tudo já é.

Apesar de ter sido mencionada a palavra "hábito", na verdade, não havia hábitos em AVA. O hábito era sentido como algo escravizante. De fato, todos eram detentores de um grande senso de humor, adquirido através de um longo período de consciência que naturalmente produzia *insights* espirituais permanentes e contínuos. Logo, o próprio universo era uma forma de diversão. Quanto mais sério era o assunto, mais divertido ele se tornava.

Na verdade, o nativo de AVA conhecia a volatilidade de seus próprios humores e sua constante mutabilidade. Nada o surpreendia, em razão do conhecimento profundo de si mesmo, fruto de um estado de vida contemplativo. O avano sentia que as polaridades se completavam. Ele sabia muito sobre a alegria porque conhecia profundamente a tristeza.

A profundidade da tristeza era apreciada como uma pérola de sabedoria, que muito ensinava a todos os avanos. Ela completava a própria alegria e não tinha o condão de atingir a paz profunda que reinava na alma de cada avano.

Hug, que no momento sentia-se novo no planeta, percebia que ali não havia propósitos de vida. Não existiam objetivos a serem atingidos. A vida era somente vivida. Se houvesse objetivos ou propósitos para a existência, quando atingidos, a própria vida perderia seu sentido.

Assim, a vida real descolava-se do tempo e do espaço, pairando – como um planador sobre as caprichosas e imprevisíveis térmicas – numa forma atemporal e não espacial. Sem objetivos, o que restava era somente a diversão no eterno agora, um modo de brincar a vida, sorvendo cada gota de AVA.

Todos tinham um sentimento de gratidão quando se deparavam com algum problema. Quanto maior ele fosse, maior seria o agradecimento, pois problemas eram vistos como uma oportunidade única de aprimoramento do espírito. Por isso, eles eram festejados e recebidos com grande alegria. Até mesmo os estados escuros de infelicidade somente existiam para fazê-los sorrir – um sorriso que naturalmente surgia da paz que florescia da aceitação de tudo o que é, e da forma como é.

O bom humor não era obrigação nem imposição, mas simplesmente uma opção consciente, utilizada por todos com naturalidade. Era uma forma segura de fazer frente até mesmo à compulsão da mente humana em aderir a padrões de comportamentos escravizantes, que acabam tirando a liberdade de agir.

Hug estava cada vez mais encantado com tudo aquilo. Ele pensou sobre o porquê de não ter retornado antes à sua Terra natal, onde fora tão bem recepcionado, mas ao mesmo tempo sabia que nada no universo acontecia antes da hora.

Era interessante e diferente para Hug, mas o avano não se apegava a sentimentos de inevitabilidade. Todos acreditavam que tudo podia mudar a qualquer momento. Nada era inevitável e, ao mesmo tempo, nada era evitado. A vida simplesmente seguia seu curso, sem avisos, no doce balanço da imprevisibilidade. A surpresa e o novo se tornavam um estado natural das coisas.

Verdadeiro alimento

O planeta era bem diferente do que Hug estava acostumado a ver na Terra. A tão comum e indispensável prática da alimentação diária tinha um valor relativo em AVA, pois não era indispensável. Era comum que avanos passassem algum tempo – às vezes alguns dias, ou até mesmo a vida toda – sem ingerir alimentos. Existia uma plena consciência de que o verdadeiro alimento não vinha da ingestão de matéria, mas sim da captação da energia cósmica universal.

Por isso, para os avanos, a alimentação comum era vista como um meio indireto de captação dessa forma energética, que era obtida pela ingestão dos alimentos – a energia entra no alimento e o alimento é ingerido.

Por outro lado, quando se tem acesso a uma recepção mais direta da mesma energia, não há mais necessidade de se utilizar dos meios mais difíceis e às vezes falhos. Os avanos tinham plena consciência disso, e até Hug passou a dar pouca importância aos alimentos, apesar de dominar a arte de manipulá-los.

O fato é que, no planeta Terra, os alimentos muitas vezes estão deteriorados. Assim, além de não produzir o efeito necessário, eles ainda podem levar a complicações e desarranjos no processo digestivo, ou até mesmo no estado geral de saúde.

Os avanos detinham um espírito de pureza infantil. Eles adoravam aprender coisas novas, especialmente com suas crianças. Elas lhes ensinavam, por intermédio de seus atos, a existência de uma íntima ligação com a mais pura energia eterna e infinita, ao desprezar o ato de comer e permanecer transbordantes de energia.

Lembranças da Terra sempre retornavam, e Hug podia ver as imagens das mães estendendo suas asas e abraçando sua prole, cuidando incondicionalmente de seus filhos. Elas dedicavam toda sua energia a tentar fazer com que os pequenos se alimentassem, usando de criativos mecanismos para tornar os alimentos mais interessantes, diante da indiferença das crianças.

Ele lembrou-se de si mesmo quando criança. Viu sua mãe buscando entretê-lo com a brincadeira do aviãozinho, por meio da qual a colher com o alimento se transformava numa aeronave, que buscava seu pouso em sua boca. Mas, apesar de todo o esforço da mãe, os alimentos nunca atraíram sua atenção.

Hug provava de uma estranha força naquele planeta, que produzia um ar infantil nas pessoas. Todos estavam focados no verdadeiro alimento para a alma, e acabavam não se sentindo muito atraídos por refeições para o corpo. Brincavam incessantemente, mergulhados que estavam na plenitude e no dinamismo do *chi*.[4]

---

[4]. Vide nota de rodapé nº 13, p. 49.

Agora, já há alguns dias sem ingerir alimentos, mas em perfeito nível energético, Hug sabia por vivência própria que somente quem não conhece ou perdeu o contato com o verdadeiro alimento é que busca incessantemente comer, comer e comer. Há indivíduos que fazem três ou mais refeições por dia, sempre em grandes quantidades, e isso ainda é pouco. Então, eles intercalam outros alimentos no decorrer do período, mas ainda assim não é suficiente. Alguns necessitam também ingerir bebidas alcoólicas e outras mais.

Quem não conhece a fonte que o mantém vivo esmera-se na arte de ingerir alimentos, por entender equivocadamente que o velho ditado de que "saco vazio não para em pé" faz algum sentido.

Os avanos viviam a plena consciência de que saco vazio de alimento material, mas permeado pela energia cósmica, para em pé e esbanja energia. Como acontece com as crianças. Ao passo que saco cheio somente de alimento para o corpo não tem como parar em pé, pois quem levanta o corpo não é o alimento físico, mas a realidade imaterial cósmica, o não manifesto – que, se for da preferência, pode ser chamado de Deus.

"Nem só de pão vive o homem".[5] Nas palavras do mestre avano Jesus, encontramos nossa fonte de vida. Por isso, em AVA, o ato de se alimentar era visto mais como um prazer, um deleite aos sentidos, uma oportunidade de confraternização, do que como fonte de vida, pois os que não ingeriam alimentos esbanjavam uma contagiante energia.

Por todos esses motivos, as crianças em AVA eram reverenciadas como verdadeiras portadoras da sabedoria infinita, que brotava com intensidade no frescor de uma nova vida.

---

5. Mt 4:4.

Ninguém tentava ensinar nada aos pequenos. Muito pelo contrário, todos buscavam avidamente adquirir alguma forma de conhecimento e sabedoria.

O mais interessante era que as crianças do planeta não involuíam para tornar-se adultas, mas cresciam em sabedoria e graça. Mesmo depois de adultas, elas conseguiam manter a doce e inocente aura etérea.

Passeios exploratórios

Em seus passeios exploratórios, como uma criança que se surpreendia com tudo o que via, Hug encontrou verdadeiras telas de cinema ao ar livre. Elas eram fruto do reflexo do sol sobre as águas dos lagos, que eram projetadas nas extensas paredes de bambuzais que ficavam às suas margens, produzindo luzes, reflexos, imagens e sons que nunca se repetiam, e inebriavam seus sentidos.

Essas telas não tinham somente as três ou quatro dimensões da última versão da evolução dos cinemas da Terra, mas continham as múltiplas infindáveis dimensões da realidade, muitas delas nem sequer perceptíveis pelos sentidos físicos mais básicos. Esse cinema era uma pequena mostra das grandes telas cinematográficas universais cósmicas incriadas, que também se apresentavam continuamente para o deleite de Hug e dos que ali se encontravam, eliminando distâncias e tempo, tornando onipresentes todos os seres e coisas.[6]

---

6. Estamos falando da interpretação holográfica das condensações da matéria e da visão explicativa de Paramahansa Yogananda, que compara a matéria – toda a manifestação de matéria no universo – a uma projeção de cinema, algo que será mais bem explicado no decorrer da tríade avana.

Ele se sentia um eterno aprendiz naquele local que o surpreendia constantemente. Ao seu simples toque no solo, numa pedra ou objeto que ali se encontrasse, ou pela simples presença no ambiente, toda a história local lhe era revelada, antes mesmo de seu surgimento. Era a psicometria avana que havia se incorporado aos seus sentidos, manifestando o poder em sua vida.

É muito bom estar aqui, pensava Hug. Ele observava pétalas de prata surgindo como pingentes nos galhos das árvores, quando suas folhas eram tocadas pelos cálidos raios solares logo pela manhã, transformando simples folhagens em verdadeiros candelabros de luzes que mais pareciam espelhos refletores.

Os tons sobre tons da bucólica vegetação produziam uma verdadeira colcha de retalhos. A despeito da aparente confusão de cores e formas, geravam a mais perfeita e natural harmonia da natureza, pois tudo se completava, submetendo-se à linguagem secreta da sequência de Fibonacci[7] e propiciando um todo coerentemente indissolúvel.

Quando ele passeava pelo planeta, podia sentir a doce reverência da natureza, que respeitosamente se curvava diante de sua passagem, embalada pela suave brisa. Ela organizava e lhe ofertava um tapete macio de cores, transmutando a morte em vida, ao revestir o solo com uma manta das folhagens e flores gentilmente fornecidas pelas árvores. Isso tornava o seu caminho mais suave, leve e aromático.

---

7. A sequência de Fibonacci, também chamada de sucessão de Fibonacci, é uma sequência de números naturais, cujos primeiros números são 1 e 1, e o número seguinte será sempre a soma dos precedentes. As medidas dessa sequência têm aplicação em inúmeras áreas. Elas podem ser encontradas na anatomia humana e em especial na natureza, por exemplo, no arranjo de folhas de uma planta, nas medidas das sementes, galhos e até no número de pétalas de uma flor, produzindo uma coerente disposição harmônica.

Hug podia sentir que um indescritível aroma saltava do solo do planeta e transpassava todos os seus sentidos. Era de musgo, numa mescla doce e um fundo levemente ácido almiscarado, em especial nos dias mais úmidos. A sensação desse mel âmbar amadeirado era extraordinária, não sendo possível descrever esse cheiro de gnomo molhado pelo frescor orvalhado da manhã, que lembrava muito o odor pungente e intenso do aroma inigualável da trufa negra.[8]

Ele sabia que essas sensações não se restringiam somente a ele e aos demais avanos, mas que suplantavam as distâncias e o tempo. Elas desciam com suavidade, como gotas de orvalho na aridez terrena, sobre todos aqueles que tivessem sensibilidade.

Hug muitas vezes esfregava os olhos, sem acreditar no que estava vendo. Cachos de ouro pendiam dos galhos das árvores, de um amarelo tão vivo que ofuscava sua visão e extasiava sua alma.

Tudo isso podia ser visto naturalmente por ele nesse planeta, pois, quando lá chegou, sua visão se transformou. Seus ouvidos se abriram, seu olfato se tornou mais aguçado e seu tato adquiriu uma nova sensibilidade. Por meio de seu paladar, novos tons e sabores se revelavam, contínua e dinamicamente.

---

8. A túbera, também conhecida por trufa, é uma denominação vulgar dada aos corpos frutíferos subterrâneos das espécies de Tuber. Esses cogumelos conhecidos por "diamante negro" ou "pérola negra" são muito raros e vêm sendo consumidos pelo homem há mais de três mil anos. Essas iguarias nascem sob a terra, sempre próximas das raízes de carvalhos e castanheiras, numa profundidade aproximada de uns trinta centímetros, em especial na França e na Itália. A colheita é realizada mais recentemente com cães adestrados, mas, no passado, eram usados porcos. Além do intenso sabor, a principal característica das trufas negras é o seu aroma característico e marcante. Seu sabor permanece na boca, produzindo um retrogosto perfumado.

Esportes em AVA

A prática esportiva em AVA guardava características próprias. Os avanos adoravam praticar esportes, porém a atividade era vista mais como uma diversão do que uma competição. Era um modo muito inteligente de exercitar-se física e mentalmente, e de superar os próprios limites imaginados.

Por se tratar de um exercício de aperfeiçoamento, não existiam disputas acirradas nem rivalidades. Todos se sentiam como partes de um único corpo, por isso não havia sentido em tentar vencer o outro. A verdadeira disputa era travada dentro de cada um dos avanos, que se esmeravam na arte de vencer a si mesmos por intermédio do autoconhecimento e da observação. Não havia necessidade de aderir aos tão conhecidos mecanismos de defesa inconscientes, que tentam derrotar nos outros aqueles aspectos que nos sentimos incapazes de derrotar em nós mesmos.

Vencedores de si mesmos, os avanos praticavam esportes pela simples diversão e confraternização. Durante os torneios comemorativos, eles até auxiliavam outros avanos que eventualmente estivessem em dificuldades, mesmo que isso significasse a própria derrota. A ideia de derrota ou vitória era vista de forma muito diferente no planeta.

Vitória maior e verdadeira era auxiliar o amigo em dificuldade a terminar a prova, a superar a si mesmo, como forma de aprimoramento. Vitória era saber o que realmente tinha importância, e a vida e o bem-estar de um irmão avano era muito mais importante do que vencer qualquer coisa. Mesmo porque auxiliar o amigo era socorrer a si mesmo. Salvar outro avano era salvar a si mesmo.

A dificuldade de cada avano puxava o tecido da realidade, provocando alterações na textura de todos os outros avanos, componentes da mesma malha. Da mesma forma, cada avano socorrido emitia ondas de amor e de gratidão, que ecoavam em muitos mundos, alterando assim o estofo do tecido universal cósmico.

Hug já havia aprendido que as disputas fomentam as diferenças. "Somos da equipe A, e eles são da equipe B, logo não somos iguais. Somos melhores que eles e devemos provar isso, custe o que custar". Por isso, as disputas tradicionais geram atritos, descontentamento e vingança, promovendo a divisão e a revanche. Elas levam a inúmeros conflitos e, em alguns casos, podem provocar até mesmo guerras.

A seleção alemã é diferente da francesa, que por sua vez difere da brasileira. A equipe do Brasil é melhor que a da Argentina, que evidentemente se considera melhor que o Brasil. O brasileiro entende que o jogador de futebol Pelé é o melhor do mundo e de todas as épocas, mas para o argentino o nome desse atleta é Maradona. Esse tipo de disputa induz divisões que causam uma enorme tristeza, pois nega a natureza da vida de que somos todos iguais.

O jogador do time A faz um gol e insulta a torcida adversária com gestos e palavras. A outra equipe suporta as agressões, mas fica aguardando o momento de dar o troco. Até mesmo os insultos são controlados, pois não podem ser muito acintosos. Há um limite de aceitação, caso contrário vira uma guerra.

As torcidas são mantidas sob controle por meio de cordões de isolamento e policiais fortemente armados. A arena fechada lembra muito o Coliseu da Roma antiga, um palco armado para o povo assistir ao espetáculo grotesco da morte de seres humanos e animais, em batalhas chamadas de "jogos" que duravam 100 dias ou mais. Nesses jogos, havia combates de gladiadores e luta com animais. Havia inúmeras execuções de homens e de milhares de animais, além de caçadas e das chamadas batalhas navais. Da arquibancada, aproximadamente cinquenta mil pessoas se divertiam com esses "jogos", que, guardadas as diferenças, não ficavam muito distantes do conceito atual de esporte em tantos mundos.

Para disputar, temos que ser diferentes, caso contrário não haveria nenhuma necessidade de existir a disputa. Para o avano, era muito estranha essa concepção de esporte, por meio do qual todos eram envolvidos numa verdadeira batalha, para ao final cumprimentar e abraçar o adversário. Aquilo era um jogo de cena que não cabia na cabeça dos avanos. Acostumados com a sinceridade, eles não conseguiam entender por que as pessoas engoliam a derrota e, movidas pela hipocrisia, cumprimentavam o vencedor. Houvesse consciência desse fato, não haveria a competição nesses termos, e então nem sequer haveria necessidade de um abraço de reconciliação ao final, pois tudo já estaria naturalmente reconciliado.

A coisa toda é tão grotesca que essa encenação hipócrita é chamada em muitos mundos de profissionalismo – um abraço profissional, que ocorre simultaneamente com os pensamentos de revanche e de vingança por tudo o que aconteceu durante a partida. O derrotado dá o abraço já pensando em dar o troco em outra ocasião.

Em AVA, isso simplesmente já havia sido superado. Os esportes eram mais que um exercício físico, transmutando-se em um exercício de meditação e de aprimoramento da alma. Por isso, esportes como boxe, muay thai e MMA não eram vistos como algo natural ou saudável.

Arrebentar o adversário de tanta pancada, a fim de derrubá-lo, e às vezes causar-lhe danos à sua saúde – em alguns casos, levando-o até à morte –, realmente não era um esporte que encontrasse guarida no planeta. O avano não conseguia compreender o porquê de tanta violência, e preferia usar toda essa energia para a prática de esportes cujo objetivo fosse vencer a si mesmo e às próprias limitações, e não aos demais.

Vencer a si mesmo era primeiramente perdoar a si mesmo, que em última análise significava perdoar o presente. No planeta AVA, ninguém tentava perdoar o passado ou o futuro, mas perdoava constantemente o presente. Dessa forma, não havia necessidade de perdoar mais nada.

Antes de investir contra o adversário, os avanos prefeririam investir contra as cidadelas da raiva, do egoísmo, da vingança e da ignorância. Com isso, já tinham material suficiente para ocupar-se, o que não deixava muito tempo para tentar derrotar outros irmãos avanos e, portanto, não gerava a necessidade de transformar o esporte numa desculpa para esconder-se de si mesmo.

Hug gostou muito dessa nova forma de prática esportiva, pois era um modo muito natural de moldar a si mesmo. Uma partida de golfe, por exemplo, tornava-se uma universidade para a vida, em que o número de tacadas assumia uma posição absolutamente secundária diante de tantos e inúmeros ensinamentos. Esta era vista também como uma rara oportunidade de aprofundar amizades e relações, estreitando laços com outros avanos.

Sinfonia de AVA

Em AVA, cada um tinha um som particular, que derivava dos movimentos incansáveis dos átomos. Por isso, Hug também passou a emitir o som original, singular e único de sua própria canção, fruto da dança de seu próprio ser. Quando o ritmo dessa dança atômica se alterava, esses sons igualmente se modificavam, sem perder a majestade e a perfeita sintonia.

A soma dos sons de cada um formava a mais bela, harmoniosa e etérea melodia celestial, um deleite que jamais poderá ser escutado por ouvidos físicos, mas somente através da sensibilidade da alma. Era uma sinfonia de anjos, uma melodia que transpassava e preenchia a todos. Lembrava um pouco a voz da cantora, instrumentalista e compositora irlandesa Enya, numa mescla com o grego Vangelis e um toque pessoal revolucionário de Stravinsky, tudo elevado à potência atômica.

O seu som pessoal, junto de todos os sons humanos, se unia ao som da natureza e de todos os demais seres, incluindo o som do próprio planeta. A melodia produzida alcançava a mais distante estrela do universo. Por meio da interação, toda a composição do mundo era alterada.

Esse som podia ser captado por todos os seres conscientes do infinito universal. Ele era conhecido em toda parte como a sinfonia de AVA, cujas ondas ora se materializavam em partículas, adquirindo alguma forma no espaço. Geralmente, elas se manifestavam como uma luz que quebrava e embalava o vácuo cósmico do eterno agora.

Essas ondas sonoras se misturavam e interagiam com o verbo etéreo em forma audível AUM,[9] e com as cores emanadas de cada um dos seres do planeta. Elas interferiam e sofriam a interferência dos inúmeros tons coloridos, que se manifestavam no entorno dos corpos, expandindo-se e permeando todos os outros seres. Algo parecido com o que chamam de "aura" no planeta Terra, porém muito mais desperto e extenso, e sempre em cores vivas e energizantes.

Entre os avanos, a sonorização AUM era muito conhecida e bastante difundida, pois era comumente observada na natureza e no próprio vazio. Existiam porém alguns avanos novos no planeta, ainda com dificuldades em ouvir o verbo divino, como era o caso de Hug. Para estes neófitos, os mais experientes ensinavam algumas práticas incipientes, como por exemplo a audição do tronco das grandes árvores.

Hug encostava o ouvido nos enormes troncos das centenárias árvores – geralmente sequoias – e ingressava num mundo de percepções. Era extremamente agradável sentir o gélido toque da superfície do tronco, seguido da sonorização do verbo etéreo, que tinha que ser muito bem sentido para que fosse possível distinguir a essência daquele som

---

9. Trata-se de uma sílaba constituída por três letras, que é pronunciada como "OM", e é o símbolo universal do hinduísmo e da ioga. É considerado o mais poderoso de todos os mantras, pois detém a essência de todos os sons do universo. Por ser considerado a matriz de toda consciência, contém em si mesmo o presente, o passado e o futuro. O som único forma uma trindade dos três grandes deuses do panteão brahmânico: "A" significa o próprio *Brahma*, o Fogo, a Ação, o Criador e a Criação; "U" é o Deus *Vishnu*, e traz o significado de Consciência, o Sol e o Conservador; "M" é o destruidor Deus *Shiva*, a Vontade e o Vento.

intermitente, que não parecia ter tido começo nem parecia ter fim.

Por meio dessa prática, conhecida no planeta como "o grito do verbo", o avano se identificava com a árvore e provava de uma vivência primal. Ele participava de uma experiência imensamente gratificante e extremamente fortificante, pois, o que entregava à árvore, recebia de volta.

Na verdade, como as árvores estavam enraizadas na terra, acabavam reproduzindo o som do próprio planeta. O planeta, por sua vez, devido ao fato de estar no universo, retratava por consequência e fidelidade o som universal AUM, que era mais uma vibração do que um som.

Para os avanos, a sequoia tinha especialmente um significado místico. Ela era a maior árvore da Terra e era conhecida pela sua longevidade, pois havia registros de sequoias com mais de 4.650 anos. Elas partiam da terra para atingir os céus, da mesma forma que o ser humano é destinado a voos celestiais, mas sempre a partir da Terra.

A sequoia parecia viver eternamente, da mesma forma que o ser humano, cujo destino é a imortalidade. A árvore nascia, crescia, produzia frutos e morria, sem no entanto morrer. O homem segue a mesma trajetória, nascendo, crescendo e produzindo frutos, para ao final abandonar sua vida material e, da mesma forma que a árvore, abraçar a imortalidade. Porém, tanto o corpo da árvore quanto o do homem deitava na terra após a morte.

Da semente surgirá uma pequena planta, que se transformará numa árvore. Com o ser humano, não é tão diferente, pois da fecundação da semente nascerá um pequeno ser, que se transmutará num grande homem.

A chamada Árvore das Almas, uma divindade feminina, era considerada um local sagrado para os moradores de Pandora, do filme *Avatar*. Tratava-se de uma planta gigantesca, cujas raízes promoviam a ligação de todos os seres e coisas.

O poeta alemão Johannes Peter Hebel[10] comparava o homem às plantas: "Nós somos plantas, as quais – gostemos ou não de admitir – devemos com as raízes subir da terra, para podermos florir no éter e carregar frutos".

Os avanos passaram a conhecer as árvores por intermédio da observação, e por isso se tornaram seus admiradores. Eles compreendiam as árvores e interagiam com elas, respeitando seus humores e seus momentos.

Hug gostava muito de conversar com as árvores. Bastava perguntar alguma coisa que elas prontamente respondiam. Aquelas sequoias guardavam uma sabedoria milenar, pois haviam experimentado e presenciado inúmeras transformações no planeta, sendo testemunhas vivas de quase cinco mil anos atrás. Para AVA, árvore também era gente, e como tal era dotada de alma.

O avano podia sentir o prazer que a árvore tinha em limpar o ar, por meio da produção de oxigênio. Era o mesmo prazer encontrado no homem realizado, que fazia do próprio trabalho um exercício de oblação. A fotossíntese ligava a árvore ao sol, sua fonte de energia, da mesma forma que ocorre com o homem. Árvores e homens eram muito parecidos para os avanos. Em outros mundos, as árvores sabiam mais sobre os homens do que os homens sobre as

---

10. Johannes Peter Hebel, poeta, teólogo e pedagogo alemão, teve grande importância na produção de poesia no dialeto alemão, sendo conhecido em especial por seus poemas alemânicos.

árvores. Sábias que eram, sentiam tudo o que acontecia nos corações humanos.

Hug se lembrou de uma ocasião em que caminhava pelas florestas avanas e encontrou uma árvore caída, em razão de uma forte chuva que tinha desabado na noite anterior. Ele se sentou próximo da árvore, que ainda armazenava em seu tronco a sonoridade audível AUM. Então, ficou por um período meditando e contemplando a árvore caída.

Em certo momento, Hug sentiu que a árvore transmitia um sentimento de felicidade. Ele ficou intrigado, pois seu tronco estava no chão, apesar de ainda estar ligada à terra através de suas raízes. Ele, ainda neófito em AVA, se perguntava como a árvore estaria feliz se acabara de ser arrancada pelo vento, e com certeza acabaria morrendo. Se não morresse, teria que viver naquela posição estranha ao seu estado natural e altivo. Hug ficou por mais um tempo meditando e depois se foi, mas aquele questionamento ficou em sua mente. Buscava compreender o porquê da felicidade da árvore.

No dia seguinte, novamente Hug se deteve na grande árvore, e passou a meditar e a tentar captar os sentimentos dela. De repente, para sua surpresa, a árvore explicou a ele que estava feliz pelo simples fato de provar uma posição nova, depois de tantos anos segurando o vento e lutando para manter-se ereta. Agora, ela podia descansar, sem maiores esforços e sem mais lutar.

Hug olhava atentamente para a árvore, buscando sorver a sua sabedoria. Ela continuou dizendo que aquela era uma experiência inusitada e nunca antes provada, e que sabia que iria morrer. Porém, estava aproveitando o auge de sua existência. Aquele momento de passagem, que duraria três dias, era extremamente intenso – mais intenso que toda a sua vida de milhares de anos.

O novo avano ouvia tudo com muita atenção, e estava aprendendo com uma simples árvore coisas que não lhe haviam sido entregues em muitas vidas.

Hug ficou intrigado com os três dias de passagem mencionados pela sábia árvore. Enquanto meditava sobre aquilo, foi remetido às lembranças terrenas de quando estava retornando para sua casa e presenciou uma perseguição de policiais a um rapaz que havia roubado um veículo. Numa esquina, a viatura da polícia abordou o condutor, que respondeu com alguns disparos. Diante da reação, os policiais o alvejaram com diversos tiros, então ele colidiu com a mureta de um terreno vazio.

O rapaz alvejado saiu do carro e ainda conseguiu dar alguns passos, mas depois caiu próximo ao meio fio. Então, ali permaneceu, respirando com dificuldade, em razão dos ferimentos. Hug parou seu veículo e ficou observando o rapaz ferido. Ele viu a vida lutando para manter-se naquele corpo, uma luta que teve fim naquela mesma noite, quando o rapaz morreu, segundo as notícias trazidas pelo jornal do dia seguinte.

Hug ficou muito chocado com a cena do rapaz vertendo sangue da cabeça e do peito, inflando-o em busca de um pouco de ar, golfando sangue pela boca e lutando pela sobrevivência. Ele se lembrou desse fato porque a cena do sofrimento do rapaz permaneceu com ele por três dias, o mesmo tempo que a árvore disse que duraria a sua passagem. Após esse período, aquelas imagens desapareceram de sua mente, e Hug sentiu que aquele corpo agonizante não era o rapaz em si, pois ele estava livre, flutuando feliz em outras dimensões.

Hug libertou-se da chocante cena e ficou alegre com a percepção de que o rapaz era muito mais que aquele passageiro corpo que estampava o sofrimento em sua luta pela manutenção da consciência. Aquilo não mais existia. Agora, o que havia era a liberdade e a integração daquela energia ao imaterial cósmico.

A menção da árvore ao prazo de três dias foi enigmática para Hug, conduzindo-o à tão dramática lembrança, mas ressaltava o misticismo do número três, que estava presente em tantas realidades, inclusive no ternário avano.

A lei universal de que o mais significa menos, utilizada nos processos homeopáticos que demonstram que, quanto mais diluído, mais dinamizado e potencializado o medicamento se torna, encontrava também sua aplicação em AVA. A aura de seus habitantes aumentava o seu alcance à medida que eles permaneciam focados em si mesmos.

Hug já havia percebido que o sentir no planeta era algo muito amplo e irrestrito, que não se limitava às funções de cada órgão do corpo. Cada ser humano era um todo, que podia sentir tudo a partir de qualquer um dos sentidos. Para ele era estranho, mas muito divertido, o ouvir com o corpo, o enxergar com os ouvidos, o sentir com o tato, o tatear com os olhos, o paladar a partir do toque, e todos os sentidos captados pela intuição, pela clarividência. Era o enxergar com a alma, e por isso era normal até mesmo ver por intermédio dos olhos de outrem.

A quem achasse isso estranho, por entender que cada órgão era responsável por uma sensação, Hug sugeria um experimento muito simples relacionado aos sabores dos alimentos. Bastava tapar o nariz e tentar distinguir os gostos dos alimentos e das bebidas, para perceber que a língua nada sente sem as narinas. Olfato e paladar funcionam conjuntamente para que haja a distinção dos sabores. Mas eles não estão isolados do restante do corpo, logo, todo o corpo sente o sabor dos alimentos.

Em AVA, era possível provar de todas as sensações por intermédio das sensações dos demais. Algo parecido com o descrito no *Taittiriya Aranyaka*,[11] ao falar dos poderes onipresentes de um iogue. Nas palavras de Paramahansa Yogananda, em sua autobiografia: "pelos quais vê, saboreia, cheira, toca e escuta sem o uso dos órgãos sensoriais exteriores".

Na mesma obra, Sri Yukteswar, mestre de Yogananda, faz uma pequena descrição do que chamou de mundo causal. É uma espécie de dimensão superior, em que vivem os chamados seres causais, detentores de um corpo causal muito mais sutil que a matéria. Eles tudo sentem pelo pensamento, e por meio dele podem ouvir, saborear, tatear, enxergar e cheirar.

Por tudo isso, em AVA, o amor era algo imensurável, profundo e colorido. Ele era o detentor de todas as cores e tons existentes no mundo, e assumia todas as formas possíveis e impossíveis. Seu intenso aroma eterno podia ser captado, sentido e provado em todo o universo.

Tudo podia ser provado por meio de todos os sentidos. Sensações difíceis de serem descritas, porém podia-se afirmar que a paixão era quente e, às vezes, queimava mesmo, como fogo ardente. Suave e agradável era o toque da bondade. A energia vital assumia tons de um lilás incandescente, que partia de cada um

---

11. O *Taittiriya Aranyaka* é composto de 10 capítulos e faz parte do chamado Shruti dos Vedas, que formam a base das escrituras sagradas do hinduísmo.

misturando-se a todos os demais seres. Por fim, a generosidade era sentida como algo doce e aveludado.

Parecidos com uma pedra no sapato eram os sentimentos inferiores, pois sempre feriam exclusivamente quem os estava sentindo. Tais sentimentos praticamente não existiam no planeta AVA. Quando surgiam, imediatamente a pequena pedra era abraçada e acolhida, tal como ocorre no interior de uma ostra invadida por um grão de areia. Assim, a pedra desaparecia, transformando-se na mais pura e fina pérola.

Hug considerava encantadora a experiência de ouvir os sons, e poder ver as cores e o brilho de cada um dos avanos. Isso era algo natural e que fazia parte do dia a dia de todos, fruto com certeza da sensibilidade reinante em AVA.

Abandono de muletas físicas e psicológicas

Para sua surpresa, logo na entrada do planeta, Hug encontrou inúmeros objetos abandonados. Havia óculos, remédios, calmantes, moderadores de apetite, drogas de todos os tipos, aparelhos para surdez e tantos outros que compunham uma montanha de objetos jogados fora e totalmente esquecidos pelas pessoas, pois não eram mais necessários. Na verdade, a transformação que antecedia a entrada no planeta tornava desnecessário o uso de tantas muletas.

Em AVA, essas coisas não tinham sentido nem importância. Por esse motivo, elas eram facilmente deixadas para trás, como se nunca tivessem existido. Os novos avanos simplesmente as abandonavam, sem jamais voltar a se lembrar delas.

Também era comum encontrar artifícios usados como máscaras, perucas, lentes de contato de diversas cores e unhas postiças. Isso sem falar das inúmeras e incontáveis máscaras psicológicas, pois os egos também ficavam para trás logo na entrada do planeta.

Vivenciando tantas coisas extraordinárias, Hug nem se surpreendeu ao constatar que, no planeta, naturalmente não havia médicos nem curandeiros. O próprio corpo humano era diferenciado, pois era detentor de uma genética evoluída que já havia incorporado em seu DNA, desde o início dos tempos, a autocura – o poder de restabelecer a saúde e a perfeição em si mesmo e nos demais.

Nesse planeta, não havia necessidade de hospitais, mesmo porque todos sabiam do perigo que existia na manutenção de locais destinados a tratar doentes. Tais ambientes são berços de inúmeras formas de bactérias, que proliferam rapidamente, transmutando um local que deveria ser de cura numa expressão da geração da morte por novas e oportunistas doenças.

Inebriar-se, através de todos os sentidos e da própria alma, com o doce perfume das flores e frutos era algo normal no planeta, pois todos eram detentores de uma aguçada e profunda percepção. Ela era fruto do despertar da consciência, e por isso as pessoas irradiavam espontaneidade, liberdade, compaixão e profundo amor.

O planeta era espiritual, sem deixar de ser material. Não sujeito ao tempo e ao espaço, ele possuía suas próprias regras, diversas de outros mundos. Na verdade, o mundo que Hug conheceu na Terra era encarado em AVA como uma ilusão autocriada, escravizadora e automantida, como algo inexistente. E aquilo de que ele nem sequer tinha ideia da existência era visto todos os dias pelos avanos como sua realidade normal e cotidiana.

No planeta, havia uma compreensão quase palpável da temporariedade da fixação na matéria. Por isso, todos aguardavam, sem aguardar, enquanto se vivia intensamente o auge da vida, que era o momento mágico e total do abandono do pesado sobretudo de carne. Era a ocasião em que todos poderiam diluir-se livres, flutuando por todo o universo e retornando ao estado original, sem forma já latente dentro de si.

Quebrar a limitada jaula do corpo e libertar-se do invólucro da alma era algo esperado, pois era sinônimo da verdadeira vida. Era o início da vida real e o fim das ilusões, da mesma forma que para a lagarta significa o fim de uma vida rastejante para o início de uma existência alada. Por isso que a árvore, encontrada por Hug em sua caminhada, estava feliz logo após a sua queda.

Hug percebeu que naquele local ninguém ficava triste com a morte física de outrem. Muito pelo contrário: festejavam. Para eles, não havia sentido em chorar o retorno de alguém a um lugar para o qual todos os demais também iriam na sequência, talvez no dia seguinte, talvez no minuto seguinte.

No planeta, não havia nenhuma forma de estresse. Todos descansavam em si mesmos. Não existiam motivos para fugas da realidade, por isso era comum que os avanos se deleitassem em seus próprios seres cotidianamente, sem nenhuma necessidade de procurar um descanso em algum local aprazível. O local mais agradável de estar era em si mesmos, estivessem onde estivessem. Estando completos por dentro, não haveria espaço nem vontade de procurar completar-se com algo externo.

Esse estado constante de repouso em si mesmo não dava azo à existência da sensação de estar esperando por alguém ou alguma coisa. Os avanos não esperavam por nada, pois sentiam que tudo que tinha que ser já era. Como não havia esperas, tudo se tornava um encontro constante e eterno.

Pôr do sol avano

O pôr do sol em AVA era algo simplesmente deslumbrante, degustado lentamente e sem nenhuma pressa pelos avanos. O dia se despindo da luz acalentava os sonhos, companheiros da noite, e a alma do sol então passava a brilhar na luz do luar.

O ocaso era um evento muito prestigiado por todos que estavam no local. Hug e os demais avanos simplesmente interrompiam o que estavam fazendo para apreciar o espetáculo extraordinário, indizível e único do pôr do sol, que a cada dia se repetia sem nunca se repetir.

Ao lusco-fusco que amarelava o vazio, as luzes se misturavam no céu, trazendo faíscas de sombreado, em tons de dourado, alaranjado, amarelo, vermelho, branco, azul, púrpura e tantas outras cores e subtons. Era impossível converter a experiência, confinando-a nas limitadas expressões gráficas da escrita.

Essa mágica pintura não ocorria somente do lado oeste. De fato, o fenômeno acontecia por todos os lados do céu. Ele transformava nuvens em obras de arte originais, caprichosamente pintadas pela natureza, e que se renovavam eternamente.

Em outros locais do planeta, a mistura de cores era ainda mais intensa. O céu era pintado de verde, lilás, tons de azul, muitos tons de amarelo, vermelho e tantas outras colorações, formando ondas, figuras e formas celestiais indescritíveis. A sensação era a de estar dentro de uma gigantesca bolha de cristal, tingida com cores que se moviam, como os véus de uma bailarina, num eterno balé cósmico.

Às vezes, o vermelho era tão intenso que Hug tinha a impressão de estar dentro de um grande anel de rubi, cercado de subtons róseos de romã. Outras vezes, a sensação era de que uma safira o envolvia, dada a intensidade da coloração azul. Já em outras ocasiões, tudo era tomado pelo verde, posicionando Hug no centro de uma gigantesca esmeralda. Isso o fazia lembrar das lendas da existência da pedra verde esmeralda do Santo Graal, que teria sido trazida por anjos, diretamente do céu.

Por fim, quando o brilho do branco era muito intenso, era a própria luz de Hug e dos moradores que se uniam ao refulgir cintilante de pepitas de diamantes que pintavam o céu, gerando a perfeita união dinâmica e complementar do claro com o escuro.

Em alguns locais de AVA – digo alguns, pois havia lugares em que a fulgurante luz solar não sofria interrupção mesmo durante a noite –, o sol gentilmente dava passagem ao escuro dominante, que trazia consigo o silêncio, abraçando toda forma de luz. Nos lagos que antes refletiam as telas cinematográficas, agora negros, surgiam figuras de taças de champanhe, reflexo das luzes que tocavam docemente as águas, fruto da iluminação de suas margens.

Essa magia avana não tinha fim. Ela fazia com que muitos simplesmente perdessem o sono, de tão inebriados e embriagados que ficavam de simplesmente observar o encantador e inefável pôr do sol, um pequeno reflexo externo da imensidão solar que habitava cada um. Mirar o sol externo era o mesmo que provar de um átimo da própria luz interna, cuja intensidade e força tornavam a luz solar uma pequena e bruxuleante claridade.

Era dessa forma que um simples sol poente era contemplado pelos avanos. Como algo maior que todas as palavras existentes em todos os cantos do universo. Era como uma centelha do espetáculo etéreo cósmico, seguido do amanhecer, que trazia consigo a lembrança de que é preciso renascer a cada dia e a todo o momento.

Mas Hug descobriu que a magia maior ocorria entre o pôr do sol e o amanhecer. Aquele momento em que o planeta submergia submisso aos domínios do breu, e todos retornavam à origem imaterial. A visita noturna da morte que traz a vida. A entrega à inconsciência que induz ao despertar. A escuridão mensageira da luz, por meio do evento milagroso conhecido na Terra por uma noite de sono.

Então, ele percebeu que o planeta era iluminado o tempo todo: de dia, pela luz do sol, e de noite, pela intensa luz de cada avano, manifestada por intermédio do reencontro com sua origem, de onde partiu e para onde retornará. Estamos falando de um modo que possa ser entendido, pois na verdade jamais houve partida, portanto não há por que haver retorno. Todos já estamos aqui, onde sempre estivemos, e daqui não temos como sair.

Hug se iluminava. Ele percebia que todos eram reis de uma linhagem divina e, embora não houvesse a lembrança, os templos estavam habitados.

Toda a experiência maravilhosa de Hug relatada no capítulo anterior agora estava mais clara e compreensível. Ele via que o sono era uma forma de restauração da totalização, uma resposta à fragmentação alienante que reina hoje na humanidade, imposta pela força devastadora da densidade material.

Nesse planeta, coisas aparentemente simples e que passam despercebidas por quase toda a humanidade de diversos mundos tinham valor inestimável. Um valor muito maior que eventuais milhões depositados em contas bancárias ou outras inutilidades escravizantes que muitos colecionam com tanto carinho e obstinação em suas vidas.

Como Diógenes de Abdera,[12] os avanos se consideravam riquíssimos pela oportunidade de diariamente ver o próprio sol brilhando e iluminando a todos.

Isso não quer dizer que AVA era atrasada ou coisa que o valha. Muito pelo contrário. No planeta, havia tudo de mais avançado, porém a maior de suas riquezas era a existência de um processo de homeostase constante, que produzia o equilíbrio entre os opostos e entre todos os seres e coisas. É o que o taoísmo chama de yin e yang, com a grande clareza quanto ao que era real e verdadeiro em relação às ilusões passageiras.

MAGIA AVANA

Em razão da existência de uma visão onírica, a magia estava entrelaçada com a realidade em AVA. De fato, a natureza da

---

[12]. Diógenes de Abdera, ex-escravo, era uma figura atípica que impressionou ao rei da Macedônia, Alexandre, o Grande, por andar com uma lanterna acesa durante o dia, dizendo: "Procuro um homem honesto". Diógenes se considerava um homem muito rico, por ver todos os dias o brilho do próprio sol.

realidade era mágica, e por isso fazia parte do cotidiano de todos. Havia a perfeita interação entre seres humanos, gnomos, fadas e duendes, que alegremente brincavam junto às árvores e folhagens, em especial em dias de chuva. Por esse motivo, as séries de livros de *Oz*, de L. Frank Baum, e *As crônicas de Nárnia*, de C. S. Lewis, e do *Harry Potter*, de J. K. Rowling, não eram vistas como ficção, mas como relatos da realidade. Eram algo normal, como histórias reais do cotidiano de todos.

AVA tinha o poder de libertar toda sua criatividade, às vezes por anos bloqueada, outras vezes amarrada aos grilhões dos padrões repetitivos de comportamento por toda uma vida, ou até por várias. Por isso, o simples ingresso no planeta fazia com que as pessoas largassem suas profissões antigas, abraçando novas e improváveis ocupações, no mais das vezes totalmente distintas do que faziam em seu planeta de origem.

Também não era diferente com o sentir. A sensibilidade era ampliada no exato instante em que se chegava ao planeta, e era possível experimentar a consciência de cada um e de todo o lugar.

Hug podia sentir com muita naturalidade uma interligação da consciência de todos os seres, desvanecendo as linhas limítrofes entre os mundos do vivo e do não vivo. Por isso, existia uma interligação de forma dinâmica não somente com os outros seres humanos ou seres vivos, mas também com cada pedra, cada objeto, cada átomo, nêutron, próton, elétron, cada partícula subatômica, e até mesmo com aquelas que nem sequer haviam sido descobertas ou reveladas pela ciência, ou seja, quase a totalidade delas.

Com a criatividade liberta e a sensibilidade à flor da pele, quase todos que lá chegavam se tornavam bailarinos, músicos, cantores, compositores, escritores, inventores, escultores, poetas, ou passavam a exercer atividades criativas das quais nem sequer há conhecimento na Terra. Eles nem se lembravam mais de seus antigos ofícios.

Hug, por exemplo, logo em sua chegada, desenvolveu uma arte de manipulação de alimentos, por meio da qual era possível obter pratos exclusivos, diferenciados e inéditos. A cada vez que ele entrava na cozinha, os ingredientes adquiriam vida em contato com suas mãos. Eram sempre pequenas porções, que serviam mais ao deleite do que propriamente a matar a fome. Tais refeições ficaram conhecidas como os poéticos pratos de Hug, servidos por bailarinos, embalados por sons inefáveis.

Cada um no planeta era como um minúsculo fragmento de uma placa holográfica multidimensional dinâmica, que ressoava a totalidade deste universo e de todos os demais. Tudo isso integra um todo muito maior, que transforma nosso mundo num pequeno grão de areia na imensidão de um deserto.

Ninguém ousava delimitar as dimensões, pois todos sabiam das próprias limitações em compreender algo que não pode ser medido. É algo infinito e cuja origem não faz sentido buscar, pois desde sempre é incriado.

Assim, o que ocorria era a aceitação do fato de que, apesar da aparente pequenez de cada ser humano, somos uma espécie de holograma vivo em movimento de toda a história de infinitos mundos. AVA era o canal, era a luz que propiciava a abertura das portas da reprodução da imagem universal e do acesso a tudo o que é, antes mesmo de ter sido, algo conhecido no planeta como "holoexistência multidimensional dinâmica e eterna".

Era um lugar onde não existia tempo nem espaço. Onde tudo era possível e, consequentemente, o extraordinário se fazia naturalmente ordinário. AVA era um planeta muito democrático, pois acolhia todos que para lá se dirigissem. Ele os envolvia em um grande abraço cósmico, sem nenhuma forma de discriminação, e transformava todos em pequenas, mas grandiosas, células do universo, convertendo-nos todos em um.

Bastava tomar a decisão de ir para AVA que o planeta já estava de braços abertos aguardando a sua chegada, independentemente de origem, religião, cor, raça, costumes, defeitos ou qualidades, de ser um príncipe ou um plebeu, milionário ou mendigo, homem ou mulher, mesmo que as mulheres fossem a maioria no planeta.

Como num passe de mágica, tão natural no mágico planeta, a atmosfera de AVA era compatível com todos os habitantes de outros planetas. Havia perfeita adaptação logo no momento da chegada, dispensando qualquer tipo de artifício como roupas especiais ou balões de oxigênio, pois até mesmo a respiração se tornava dispensável.

Independentemente de sua origem, todos que lá chegavam conseguiam compreender a língua local, pois se tratava de um dialeto universal. Um dialeto que nascia do coração e que muitas vezes dispensava o uso das palavras ou gestos. A confusão de línguas na construção da torre de Babel, narrada em Gênesis, jamais ocorreria em AVA, pois mesmo sem palavras tudo era dito e compreendido.

Era interessante, mas em AVA havia uma percepção dinâmica que promovia a interligação de toda forma de vida ou de ser consciente, por mais rudimentar que fosse. A presença de seus habitantes era sentida por todas as plantas, árvores, animais e insetos, por menores ou mais insignificantes que pudessem parecer, mesmo porque nada era insignificante naquela realidade. Tudo compunha e completava um todo maior.

A própria noção de percepção no planeta era diferenciada, pois era sentida como uma forma de alinhamento do interno com o externo, um modo de união que formava uma totalidade sinérgica muito maior que a própria soma de seus elementos. Perceber não era tentar sentir algo, mas somente deixar que a própria luz interna interagisse com as demais formas colapsadas em matéria e com a própria matéria-prima do vácuo.

Intuição

Em razão da forte consciência reinante no local, o simples aproximar-se de uma pessoa causava uma comunhão cercada de reciprocidade, instigando a manifestação da essência de todas as coisas. Até mesmo o menor dos insetos, a maior das árvores ou as plantas de um simples gramado podiam sentir tudo à sua volta, principalmente as intenções das pessoas, quaisquer que fossem.

Ninguém podia enganar ninguém, não que alguém quisesse fazê-lo. De fato, ninguém desejava enganar outrem. Porém, se houvesse espaço para esse sentimento, ele seria percebido por todo o universo e por cada ser.

O sentimento de ludibriar não cabia no coração dos avanos por pura consciência. Sentimentos de amor ou de compaixão podiam ser captados por todas as partes, pois não havia separação nesse planeta, e o vácuo era parte integrante da matéria condensada. Na verdade, a matéria era uma forma de vácuo momentaneamente colapsado, aguardando o momento em que voltaria a ser vácuo no eterno movimento cósmico da alternância.

A luz reinante em AVA na verdade brotava da consciência e do profundo conhecimento de cada um em si mesmo, fazendo com que opostos sempre se completassem. Mesmo quando alguém era tomado por alguma forma de domínio temporário da mente, por meio de algum pensamento ou sentimento não condizente com a atmosfera do planeta, tal aspecto sombrio se tornava luz no mesmo instante, pela observação consciente.

A prática tão difundida no planeta Terra de mentalizar coisas e objetivos como forma de alcançá-los era absolutamente desconhecida em AVA. A consciência do agora não permitia a existência de mentalizações, pois todos sabiam que tal prática tirava a pessoa do presente, tornando-o escravo do tempo. Havia uma forte concepção de que mentalizar o futuro significava perder o presente, e o presente era sentido e vivido como a única coisa real que todos podiam tocar.

Em razão da existência de um poder em AVA que se encontrava disponível aos que lá adentrassem, não havia necessidade de mentalizar coisa alguma. Tudo tinha a possibilidade de acontecer e de ser realizado no planeta em tempo real, e todos tinham plena consciência desse poder. Quem tem tudo no agora não precisa mentalizar absolutamente nada para o futuro.

Por isso, nenhum avano buscava mentalizar nada. Eles somente abraçavam e aceitavam o efeito, para que a causa fosse realizada. Eles não tentavam causar o efeito por intermédio da mentalização. O que acontecia era o contrário:

simplesmente abraçavam a felicidade, e todas as causas surgiam em suas vidas. Uma prática bem diferente de tantos mundos.

AVA era o não pensar. Estar em AVA era se encontrar num nível de vazio, de vácuo. Num local em que só existe o sentir consciente, sem pensamentos nem mentalizações. Era uma forte realidade que conduzia invariavelmente ao amor.

Essa perfeição toda não advinha somente da existência de coisas chamadas de boas, mas principalmente da consciência da complementariedade e da interdependência de todos os aspectos opostos. Isso levava seus habitantes a adotar um caminho de equilíbrio, que conduzia à perfeição por meio da integração da totalidade. Dessa forma, qualquer possibilidade de fragmentação era zerada.

As surpresas não cessavam para Hug. Ele provava de um planeta acolhedor e totalmente desprovido de qualquer tipo de censura. O indivíduo poderia ser a melhor ou a pior pessoa do mundo. Ele poderia ser raivoso, irado ou amoroso, que o planeta sempre o acolheria. Os avanos nunca disseram não a ninguém que quisesse para lá se mudar ou por lá simplesmente passear.

Para entrar em AVA, ou sair de lá, nunca houve nenhum tipo de visto ou de autorização. No planeta, não havia presidente, pois todos que para lá se mudavam se tornavam presidentes e senhores de suas próprias vidas. O planeta era tão democrático que permitia o ingresso e a saída de todos no momento e da forma que melhor lhes aprouvesse. O livre-arbítrio era uma lei natural, e todos podiam permanecer no local o tempo que quisessem ou conseguissem.

Hug vivia agora num verdadeiro paraíso em que era possível sentir o exato instante da existência. Ele sabia que, enquanto estivesse no local, não haveria problemas nem preocupações de nenhum tipo, nem com o passado, nem com o futuro. Por isso, ele se sentia leve, sem tensões, sem preocupações nem estresse. Até mesmo aquela insistente dor nas costas que ele sentia na Terra havia desparecido.

Nesse planeta, a pessoa era tomada por uma extrema lucidez, por isso era plena e total em cada instante universal. No local, não existiam limitações de nenhuma natureza. Havia somente o eterno agora. Ali emanava uma eterna paz silenciosa e absoluta, e ao mesmo tempo alegria, e vidas intensas e vibrantes. O som do universo emanava do planeta, que recebia e emitia essas vibrantes ondas sonoras.

Não havia sofrimentos com o que passou. Na verdade, nem mesmo havia passado, pois presente, passado e futuro formavam um todo inseparável. Em AVA, ninguém se preparava para nada. Ninguém se preocupava com o dia de amanhã, se haveria o que comer ou não, se haveria emprego, se haveria um amor, um namorado, um relacionamento, se haveria sucesso, glória, riqueza, poder ou infelicidade, pobreza ou desgraças.

Razões da existência

Bastava entrar no planeta que tudo isso perdia totalmente a importância. Essas coisas simplesmente desapareciam. AVA era um jardim do Éden, por isso nenhum avano tinha crises existenciais. Os questionamentos a respeito das razões da existência ou do objetivo da vida há muito haviam sido superados pelo brilho da revelação da verdade e pelo prazer deleitoso de fazer parte da existência.

O mais interessante e curioso é que em AVA não havia nenhuma forma de discussão sobre Deus, sobre sua existência ou sobre a crença dos demais. Ninguém perguntava ao outro se acreditava em Deus, pois todos sentiam que faziam parte da própria divindade. Frases tolas encontradas em tantos mundos, geralmente em para-choques de caminhões ou em decalques de veículos, como "Deus sem você é Deus, mas você sem Deus não é nada", nem sequer eram compreendidas no planeta, pois todos sabiam que um fazia parte do outro.

Ninguém nem mesmo pensava nesse assunto. Todos viviam como as crianças vivem, sem questionar uma realidade da qual eram parte integrante. Eles viviam isso no mais profundo da alma, da mesma forma que um peixe não questiona a existência da água ou o seu porquê. Ele não busca acreditar na água, fonte de sua vida, mas simplesmente vive permeado pela fluídica energia vital que o alimenta, faz respirar e levitar.

Hug observava com surpresa que a própria pergunta sobre acreditar somente encontrava eco em quem não estava vendo e não tinha a percepção. Alguém em sã consciência perguntaria a outrem se acredita na existência do próprio braço ou na existência da própria casa? Claro que não, pois o braço e a casa são visíveis e possíveis de sentir. Logo, a pergunta sobre a crença em Deus decorria de uma ausência de visão, percepção e sentimento, o que não existia naquele planeta, pois todos sentiam a divindade pulsando em seus próprios corações.

Por isso, a própria palavra "acreditar" traz em seu bojo o seu contrário, que é o não crer. A palavra em si já traz a dúvida: se precisamos acreditar, é porque há uma dúvida. Se fosse incontestável, ninguém precisaria acreditar, pois já seria o que é, sem dúvida alguma.

Logo, quem diz que acredita em Deus é porque não crê, não consegue crer. Ele está tentando, mas não consegue, mesmo porque Deus não é algo para ser acreditado, mas sentido e vivido dentro de si mesmo.

Hug, que sempre tentou acreditar em algo, agora podia ver claramente que a crença em si era somente um exercício egoico. Era um movimento que inconscientemente visava esconder o pano de fundo, que sempre foi sua incredulidade. É essa impotência que alimenta as religiões na Terra e em tantos mundos.

Em razão desse tipo de consciência, para os avanos não havia sentido na pergunta. Não havia sentido em buscar religar-se a algo do qual nunca foi desligado. Assim, não havia ali nenhuma forma de religião constituída. A consciência desperta do planeta não permitia o surgimento de religiões, geradoras de fragmentação por natureza. Esse tipo de prática era característica de planetas inconscientes ou ainda em seus primeiros estágios de evolução.

Em AVA, ver era uma forma de saber e de sentir. E sentir era um modo muito verdadeiro de conectar-se ao real. No planeta, todos viam e sentiam, e por isso eram auto-orientados. Não existia a necessidade de líderes para lhes indicar o caminho. Viver em AVA era já ter dentro de si decifrados os códigos do inconsciente, a chamada "linguagem esquecida".[13]

---

13. A chamada linguagem esquecida é o sentir. A conhecida medicina yunani criada por Lukman se utilizava dessa linguagem. Ele tinha o hábito de parar diante das plantas, arbustos e árvores, e simplesmente perguntar às plantas no que elas podiam ser utilizadas e em quais curas de doenças.

Por isso, o extraordinário se fazia presente aos olhos e na vida de quem lá habitava.

Uma das características mais marcantes dos avanos era o agir sem preparativos. Cada um agia de acordo com o que era colocado naquele momento. Então, pessoa alguma se preparava mentalmente para o que pudesse acontecer. Todos deixavam que os fatos acontecessem. No exato momento em que surgissem, agiam de forma natural e criativa. Como não havia o domínio da mente, tudo ocorria naturalmente, regrado somente pela luz da consciência.

Hug aprendeu, por meio da prática avana, que o melhor e mais adequado é sempre seguir o próprio coração, mesmo que isso vá contra tudo o que esteja estabelecido e viole todos os preceitos da sociedade.

No planeta, não havia repetição de comportamentos. Já que todos eram iluminados, a resposta surgia no momento em que fosse solicitada. Como a luz era o guia de todos, o que reinava era a criatividade pura e absoluta em toda forma de ação, que se tornava única e inusitada, mas que não era surpresa, pois tudo podia acontecer.

ENTUSIASMO AVANO

Por causa dessa certeza, em AVA, o entusiasmo era uma realidade viva, real e total. Todos eram entusiastas de si mesmos e dos demais. Todos sabiam que a própria palavra "entusiasmo" – que encontra sua origem na palavra grega *en-theo*,

---

Então, ele permanecia em silêncio, sentindo a resposta. Essa é a linguagem esquecida. Uma linguagem universal, que se manifesta por meio do sentir.

que significa "em Deus" – tem por significado "ter Deus dentro" (sua variação *en-theo-mos*).

O entusiasmo realmente tem Deus dentro de si. Essa chama viva de potência nuclear de bilhões de estrelas podia ser sentida por meio de uma alegria e uma vontade arrebatadora de viver a vida em sua totalidade, sem culpas, nem arrependimentos.

Os ensinamentos toltecas trouxeram esse conhecimento ao falar a respeito do que chamam de nagual, que seria a energia que pode ser acessada através da própria pessoa, também chamada de Deus dentro de cada um, ou ainda por meio do *chi*.[14]

Essa profunda percepção do divino transformava todos os avanos em verdadeiros avatares, invólucros temporários de carne que guardavam a divindade. Era o infinito armazenado na pequenez da matéria humana.

Nesse entusiasmado estado divinal, Hug lembrou-se de Dionísio, conhecido como o deus do entusiasmo. A rica cultura grega muito nos agraciou com seus ensinamentos, que datam de mais de dois mil anos antes de Cristo. Em seu período de glória, tal cultura chegou a governar tudo o que se incluía entre o Egito, o Hindu Kush e a própria Grécia. Sua influência é sentida até os dias de hoje na ciência, na filosofia e nas artes, tornando-se verdadeiros fundamentos do pensamento e da cultura do ocidente.

De lá surgiu Dionísio, um deus ímpar que se diferenciava dos demais deuses. Filho da união de Zeus com uma mortal, à semelhança de Jesus Cristo, uma divindade cristã, ele desmistificou a originalidade da teoria do cristianismo, pois a união

---

14. Vide nota de rodapé nº 13, p. 49.

de um deus com uma mortal já havia surgido numa cultura milenar que antecedeu Cristo em mais de dois mil anos.

O entusiasmo do deus Dionísio, muitas vezes compreendido por intermédio da música, somente podia ser sentido pelos seres marginais da sociedade grega, estrangeiros, bárbaros, escravos e pelas mulheres. Os sábios e inteligentes não conseguiam captar essa forma de entusiasmo. Guardava-se nisso grande semelhança com a divindade cristã, pois, conforme consta em Mt 11:25, Jesus louvou a Deus pelo fato de este ter escondido dos sábios as verdades e as revelado aos pequeninos.

Para os gregos, seguir Dionísio era deixar-se tomar pelo entusiasmo, que significava ser habitado por um Deus, ter "Deus dentro de si". Em outras palavras, era tornar-se translúcido e permitir que o imaterial cósmico lhe transpassasse continuamente, libertando todos das amarras do tempo e do espaço, e consequentemente da própria matéria. Esse é o verdadeiro sentido da passagem bíblica: *Eu vivo, mas já não sou eu que vivo, pois é Cristo que vive em mim.* (Gl 2:20)

Hug não havia percebido, mas desde sua chegada ao planeta não mais se preocupou com as horas. Aliás, nem mesmo relógio tinha, pois o havia descartado naquela montanha de objetos à entrada do planeta.

De fato, em AVA, como fruto dessa percepção entusiástica, ninguém perguntava que horas eram, nem ficava olhando para o relógio. Tal pergunta não tinha nenhum sentido, pois os avanos já haviam superado as armadilhas que a mente tentava impor em cima de horários e tempo, que nem sequer existem. A ilusão do tempo desde sempre já havia sido superada por todos os imersos na atmosfera do planeta.

Além de não se importar com o tempo, os avanos também não queriam saber onde estavam, pois quem entrava no planeta passava a fazer parte dele e do resto do mundo. Não havia sentido nesse tipo de pergunta, mesmo porque todos estavam em si mesmos e, onde estivessem, continuariam em si mesmos.

Em AVA, uma pessoa podia sentir tudo, tanto dentro quanto fora dela. Reinava o mais profundo amor. Mesmo que houvesse medo ou outros sentimentos inferiores, ao adentrar o planeta, tudo isso desaparecia, e se passava a emanar também o amor.

Todos que davam entrada em AVA vibravam a ressonância desse estado de amorosidade, tudo muito naturalmente. Não havia imposição, nem leis obrigando alguém a sentir amor, mesmo porque seria impossível produzir algum resultado dessa maneira. Com a simples entrada no planeta, a pessoa era tomada pelo infinito amor eterno universal e cósmico, uma constante daquela experiência de amor que Hug tivera naquela noite de sono.

No exato instante da entrada, todos já se tornavam despertos, e assim permaneciam durante todo o tempo em que lá permanecessem. Uma pessoa só voltaria à inconsciência caso retornasse aos seus antigos mundos.

Em respeito à liberdade, AVA acolhia todos, mas nunca colocava obstáculo à saída de qualquer pessoa. Apesar de se tratar de um lugar maravilhoso, a maioria dos indivíduos que iam para lá permanecia por pouco tempo, pois retornava em seguida ao seu local de origem. Era algo estranho, pois, apesar de se tratar de um verdadeiro paraíso, em que tudo era possível e os problemas não existiam, a maioria entrava e saía de forma muito rápida, retornando aos seus lugares anteriores e relutando em permanecer em AVA.

O natural seria que todos que conhecessem o planeta quisessem permanecer ali, pois, no momento em que uma pessoa abandonava o local, todos os problemas e limitações retornavam à sua vida. A permanência naquele planeta era um deleite no eterno agora universal, mas mesmo assim quase ninguém lá permanecia. As pessoas faziam uma visita, mas iam embora. Às vezes, retornavam e novamente saíam. Outras vezes, nem sequer voltavam. Havia ainda os que nem mais se lembravam da visita. Provavam do paraíso, mas se esqueciam dele, por falta de sintonia.

AVA era um planeta ao qual o indivíduo somente poderia ir sozinho. Não era permitido levar outra pessoa. Se quisesse ir, deveria ir necessariamente só, sem até mesmo seus egos, caso contrário a entrada não seria possível.

Como os egos não podiam entrar, não havia individualidades no planeta. Era visto apenas um grande conjunto interligado e dinâmico. A palavra "eu" dificilmente era pronunciada ali, pois o mais comum era que os avanos dissessem "nós". Os sólidos contornos individualizadores eram naturalmente dissolvidos em algo maior, que tomava conta de tudo, ocupando o espaço vazio que ficava quando os "eus" saíam.

Com essa forma de diluição, a pessoa era ela, mas também era os demais, pois não havia separação. O ser imaterial é inclusivo, abrangendo todos os seres e coisas. Apesar disso não caber em sua mente, Hug sentia ser ele, mas também ser o outro, e o outro sabia ser também Hug. Juntos, eles eram todos os demais.

Era uma forma muito peculiar de viver no outro e do outro viver em você. Algo muito parecido com o amor, que tudo permeia. Não havia forma alguma de fragmentação, e era possível estar em todos os seres ao mesmo tempo.

Apesar da distância, AVA estava sempre perto. Quem quisesse e pudesse, conseguiria ir até o local, cuja única exigência era um forte propósito e disposição de ir até lá, pois não havia como o planeta vir até a pessoa. Tinha que haver o anelo de conhecê-lo, pois, pelo mesmo motivo que teríamos que ir sozinhos, ninguém também poderia nos levar até lá. A decisão de conhecer AVA teria que ser única e exclusivamente pessoal, e de mais ninguém, como tudo o mais na vida.

O planeta tinha tudo que existe no universo e muito mais. Ele tinha o poder de criar-se e recriar-se. Havia uma ligação direta do planeta com toda a infinitude cósmica. E o mais interessante: AVA oferecia todas essas vantagens de forma totalmente gratuita. Estando no local, o avano poderia usufruir de tudo isso e de muito mais sem pagar nenhum centavo, pois nada era cobrado.

As coisas não tinham preço em AVA. Ninguém sabia o preço de nada, mas todos conheciam profundamente o valor de tudo, diferentemente de outros mundos, em que todos sabem o preço das coisas, mas desconhecem totalmente o seu valor, pois nem sequer sabem o valor de si mesmos. Na verdade, nesse planeta, as coisas mais valiosas não eram acessadas por meio de pagamentos, mas com o sentir, com alguma forma de percepção intuitiva, com a chamada "linguagem esquecida".[15]

Ausência de perguntas

No planeta, nem sequer existia dinheiro, pois tudo já estava e sempre esteve à disposição de todos. Não havia dúvidas

---

15. Vide nota de rodapé nº 13, p. 128.

sobre coisa alguma, menos ainda questionamentos, pois AVA oferecia todas as respostas. Na verdade, ali nunca houve perguntas, mas somente respostas.

Ao adentrar o planeta, Hug imediatamente acessou as respostas a tudo o que queria saber e todas as suas dúvidas. Em AVA, havia uma magia que atingia todos que lá estavam, que era o poder de fazer desaparecer as perguntas e as dúvidas. Na verdade, a visão avana simplesmente revelava que as perguntas nunca existiram.

Quando se chegava ao planeta, não somente os sentidos físicos se abriam, mas todos os demais. Ocorria um despertar que induzia à abertura do terceiro olho, fazendo com que todos adquirissem uma forma de múltipla visão. Então, o avano passava a intuir todos os fatos e todas as verdades.

Hug não necessitava mais dos olhos para poder ver nessa nova dimensão de realidade. Ele nem mais se lembrava do susto ao constatar que seu olho esquerdo era bem menor que o direito, na época atrofiado pelo desuso.

O encanto no planeta era tanto que todos eram agraciados com o dom de ouvir o silêncio, além das palavras. Hug ainda estava aprendendo, mas já havia percebido que as palavras ali não tinham tanta relevância. Elas eram usadas, porém tinham uma importância relativa, pois o silêncio dizia muito mais.

A telepatia era algo absolutamente natural em AVA. Todos se comunicavam o tempo todo por intermédio das frases mudas que brotavam de cada alma, sem haver a emissão de um único som. Essa forma silenciosa tocava tanto quanto o apelo do meigo, doce e indefeso olhar de uma criança.

Hug se adaptou muito rapidamente a esse novo modo de conversa silenciosa, que era permeada por diversas formas de comunicação. Dessa forma, ele podia interagir com inúmeros outros avanos ao mesmo tempo, mantendo a percepção e a individualidade de cada uma das conversas, lembrando um pouco os processos holográficos da consciência.

A intercomunicação dinâmica telepática de todos entre si não permitia espaço para equívocos a respeito do que foi dito ou teria sido dito. Era uma forma de comunicação direta, sem espaço para dúvidas, e que acontecia de coração para coração. Por isso que nunca houve mal-entendidos no planeta. Nunca foi necessário pedir esclarecimentos do que teria sido falado.

Consequentemente não havia fofocas, pois todos sabiam de tudo, em tempo real. Nada precisava ser escondido e por isso ninguém tecia comentários a respeito de outrem.

No local, nunca existiram governantes, pois nem sequer havia governo ou porta-vozes de ninguém para explicar o sentido do que era dito. A comunicação telepática não trazia consigo as inúmeras interpretações que a palavra dita ou a escrita podem ter, pois marcava de modo indelével a própria alma de quem a recebia.

Não havia dúvidas. Nada precisava ser explicado ou interpretado, pois tudo podia ser sentido da forma como efetivamente era. Por isso que, no planeta, livros como a Bíblia e tantos outros códigos, com inúmeras interpretações, não proliferavam. O conhecimento era adquirido diretamente da fonte, em especial por meio do sono ou das visões conscientes.

No início, Hug não se adaptou muito a isso. Ele se decepcionou com tanta clareza direta de comunicação, pois a verdade era dita a cada segundo de modo estampado e claro, sem admitir interpretações, doesse a quem doesse. Ele estava acostumado às conversas vazias, mas agradáveis, que massageavam os egos, em que as pessoas ficavam buscando as interpretações por detrás das falas. Isso não existia por lá. Mas, passado o desconforto inicial, Hug passou a admirar essa nova forma de comunicação. A verdade era revelada, nua e crua, e isso era muito melhor que toda embromação que envolvia as conversas na terra de onde viera. Era libertador não deixar nada para depois.

Tudo era deglutido no exato instante em que acontecia, sem nenhuma necessidade de ficar ruminando as conversas, as falas, as respostas, ou buscando sua melhor performance depois da conversa já ter terminado, mesmo porque a melhor resposta do mundo dada tardiamente é o mesmo que nada.

No planeta, tudo tinha cores diferenciadas, talvez mais fortes ou intensas. Hug podia visualizar outras cores no mar, na natureza, nas árvores, nos pássaros, nos animais, na própria vida e até mesmo no vazio, que às vezes assumia tantas cores que ele preferia nem mencionar.

Naquele local, Hug era constantemente tocado pela essência e consciência de todas as coisas, desde uma simples pedra até a alma de outro morador. Isso incluía todas as formas de insetos, animais e todas as demais formas de vida, orgânica e inorgânica, material ou imaterial, e mesmo aquelas que ainda não foram reveladas ou descobertas em tantos mundos.

Apesar de parecer um planeta longínquo, Hug, quando estava em AVA, estava também ligado à Terra e a todos os mundos. A atmosfera avana tinha o poder de incluir tudo e de nunca se fragmentar. Ela não excluía nada nem ninguém. AVA era o canal interligador. Quando uma pessoa estivesse no planeta, estaria em tudo o mais, porém, quando estivesse fora, também se posicionaria fora de tudo.

Havia uma forte consciência no local. Todos que lá aportassem eram tomados por essa força consciente coletiva, e por isso não havia leis. A única existente era a lei natural da consciência e do coração. Tudo funcionava muito bem e em perfeita paz. Como não havia necessidade de legislações, também não havia aplicação, nem espaço para a teoria dos três poderes idealizada pelo pensador francês Montesquieu.

ÉTICA – PALAVRA DESCONHECIDA EM AVA

A palavra ética não era usada no planeta. Ninguém mais lembrava ou sabia o que era, pois todos conheciam a consciência, e quem é consciente não precisa de códigos de valores de ética e de moral. Esse tipo de normatização surgiu em diversos mundos quando a consciência se foi.

Não havia, portanto, nenhuma forma de controle ou repressão. Não existiam punições, e tudo transcorria naturalmente bem e sem incidentes. Antes de cuidar de si mesmos, os avanos cuidavam uns dos outros, com absoluta naturalidade. Nesse estado de consciência, cada avano praticava somente o bem, pois não era permitida pela consciência dos nativos a prática de algo que não estivesse em sintonia com a própria consciência divina universal desperta de cada um, a chamada "chama de AVA". Aquela era a mesma chama que Hug visualizara nos apóstolos, quando flutuava sobre as águas, no corpo de Jesus Cristo.

A mágica do local era tamanha que todos que lá adentrassem tornavam-se nativos de AVA. Então, não existiam mais mundos particulares. Todos comungavam de um único mundo, de uma única verdade. O indivíduo deixava de ser o alienígena que sempre foi, inclusive em seu próprio planeta, e pela primeira vez sentia-se acolhido pela realidade local. Era um estado total de acolhido e de acolhedor ao mesmo tempo. Hug compreendeu que toda essa realidade decorria do fato de que todo aquele que acolhe imediatamente é acolhido. Ele estava envolto nessa corrente, que a cada momento se fortalecia por intermédio do poder das conexões.

A intensa aura local gozava de uma força e abrangência tamanha, que englobava todos em sua atmosfera. Ela tornava todos irmãos interconectados à própria alma do planeta e do universo, jogando uma pá de cal sobre qualquer manifestação separatista.

Hug sentia que nesse planeta existia uma forte presença divina, mas agora ele sentia a divindade de uma forma tão diferente que preferia não usar a palavra Deus, pois esta vinha cheia de conceitos e preconceitos. Os avanos não pensavam nisso. Eles simplesmente sentiam de forma muito gritante a presença de algo divinal em si mesmos, pois sabiam que era parte intrínseca de cada um deles.

Em AVA, todos sabiam por que a palavra "eu", apesar de pouco utilizada, estava exatamente no centro da palavra "Deus". Eles podiam sentir que um estava dentro do outro, completando-se mutuamente.

Tal como é descrito no Bhagavad Gita, em que o deus Krishna conversava naturalmente com o guerreiro Arjuna,

Hug e os demais avanos, guerreiros da consciência do agora, também interagiam com naturalidade com a divindade.

Uma espécie de divino inseparável dos homens, algo imaterial que fazia parte de tudo, inclusive de toda a matéria, que estava em tudo e tudo estava nele.

AVA era realmente um lugar diferenciado, pois induzia quem lá estivesse a sentir a si mesmo. O clima do planeta fazia com que Hug sentisse cada parte do seu corpo físico, de seu corpo etéreo, de sua alma, de seu espírito, e também de todos os demais corpos e seres do universo.

Esse planeta realmente tinha muito de inusitado. Ele revelava a Hug profundos aspectos de si mesmo que ele nem sequer imaginava. Como nada era oculto, o incognoscível lhe era revelado a todo o momento. Por mais absurda que pudesse parecer, a verdade era prontamente aceita por ele e pelos demais, pois provinha de uma fonte direta, na qual não havia espaço para questionamentos racionais.

No local, era possível experimentar novas e profundas perspectivas de própria existência. Era comum ouvir comentários de avanos que haviam sentido e provado a imortalidade da alma ou a interligação dinâmica de todo o universo. Todos emanavam um brilho intenso de seus corpos, que podia ser visualizado e sentido por todos, em todos os mundos.

Nesse diapasão, lembranças de tempos imemoriáveis, de antes do surgimento de nosso universo, saltavam na lembrança de Hug. Ele era tomado de um sentimento de profundo amor por participar de algo, antes mesmo que esse algo tivesse existência, apesar de sempre ter existido.

No local, não havia morte. Quando a pessoa entrava no planeta, tal ilusão desaparecia. Não havia pressa, pois todos viviam eternamente e tinham plena consciência disso.

Não se sabe se era a riqueza da consciência universal reinante no local ou coisa parecida, mas os nativos do planeta não ligavam muito para as coisas materiais e sem importância. Entretanto, eles se deleitavam em experimentar as coisas do espírito.

Na verdade, havia um perfeito equilíbrio entre o yin e o yang, o masculino e o feminino, o bem e o mal, o externo e o interno, a carne e o espírito, de forma que tudo era revelado e compreendido em tempo real. Contudo, havia uma predileção pelo imaterial, que era considerado a verdadeira realidade. O material era somente como um reflexo.

Hug observava que, ao chegar em AVA, mesmo aqueles que levavam uma vida errante em seus mundos passavam a emitir um halo suave de luz em torno do próprio corpo, acompanhando as ondas de calor que emitia. Isso era fruto da consciência do erro,[16] agora transmutada em cálida luminosidade.

Perdão natural

Essa luz muitas vezes podia ser vista e sentida por intermédio da sensação de perdão, que tomava conta de todos que chegavam ao planeta. O local tinha uma estranha força que levava todos a experimentar a experiência do perdão, porém tudo na mais absoluta naturalidade.

---

16. Não se deve compreender a palavra "erro" como a transgressão a regras de uma sociedade, mas como uma falsa noção de si mesmo e da própria realidade universal cósmica. "Erro" aqui significa a cegueira, a imersão na ilusão de Maya e a escravidão imposta pela força da matéria.

As palavras eram dispensadas. O perdão não ocorria porque alguém era convencido a perdoar, mas porque não havia nada mais natural do que o perdão naquela dimensão de realidade. Não havia imposição de nenhum tipo no local, mas a doce iniciativa libertadora de perdoar era a tônica dali.

Aquele era um estado natural, que todo avano praticava, e não existia espaço para outra coisa. Um forte sentimento de perdão se sobrepunha aos fatos, avançando em todas as áreas da vida. Como todos perdoavam a si mesmos, essa sensação seguia o próprio caminho inato, fluindo na direção de todos os demais e formando uma espécie de perdão coletivo. Tal como era dentro, passava a ser fora.

Nenhum dos moradores ia até o outro dizer que o havia perdoado. Não havia necessidade disso. O perdão pairava no ar. Todos já se sentiam perdoados e contemplados pelo eterno e cósmico amor divino, por isso não havia necessidade de justificativas ou de informes.

Era um tal e verdadeiro poder das conexões que Hug sentia transpassando sua existência, deixando marcas em sua alma e arrastando-o com a força de um ciclone para o olho do mais puro perdão e amor.

Na verdade, todas as eventuais ofensas do passado eram esquecidas. Já não havia mais o que perdoar, pois nem mesmo existiam ofensas passadas. O avano naturalmente se tornava uma nova pessoa a cada dia, a cada momento. Seguindo o curso da natureza, esquecia-se do passado e tinha o pensamento desperto para o real.

De fato, quem tem um vislumbre de AVA não tem mais olhos para coisas pequenas e insignificantes. É como ser aquecido pelo aconchegante calor solar e não mais se interessar por aquecedores elétricos ou cobertores de lã.

Conta-se que em AVA nunca foi visto ou encontrado alguém com outra coisa no coração que não fosse amor e perdão. Não existia nenhuma forma de perda de energia e nada era dissipado. Por isso, todos tinham uma grande vitalidade. Num processo de sinergia, tudo se somava aos demais seres, transformando o planeta num lugar em que o poder podia ser sentido, pois ficava plasmado no ar, permeando todas as coisas dinamicamente.

Com tanta energia, não havia espaço para nenhuma forma de envelhecimento do corpo físico, pois a observação de si mesmo aliada à renovação periódica de todos os átomos do corpo transformava os avanos em seres novos e recém-nascidos a todo o momento. Não havia por que desenvolver processos de envelhecimento. Verdadeiros super-homens que não ficavam velhos nem adoeciam habitavam o local. Agora, Hug era um deles.

Uma lenda no planeta dizia que a água do local provinha de uma fonte da juventude e que, por esse motivo, as pessoas permaneciam jovens. Mesmo aquelas que eram centenárias, bicentenárias ou tricentenárias guardavam em seus rostos e corpos o vigor da juventude. Com a ilusão do tempo e da matéria superada, não havia a ação do tempo sobre seus corpos. A manifestação do envelhecimento era praticamente nula.

O estado de forte presença em si mesmo também não permitia o surgimento das marcas de expressão nos rostos dos avanos, pois tais marcas são fruto da inconsciência que com o tempo se estampa na face e produz efeitos em todo o corpo.

O estado de repouso em si mesmo também era responsável pelos reflexos de paz e de tranquilidade produzidos no rosto de todo avano. Ele fazia com que os músculos de suas faces permanecessem em absoluto descanso quando não estavam sendo usados em alguma conversa ou para expressar alguma emoção.

Como um gato em absoluto repouso, os músculos dos avanos somente eram usados quando necessário. Isso era diferente de outras realidades, em que o indivíduo mantém diuturnamente em seu rosto alguma expressão, seja de cansaço, preocupação, compenetração ou até mesmo de dor.

Hug lembrava-se bem das caretas que mantinha na face antes de seu ingresso em AVA, fruto de um estado inconsciente que não lhe permitia perceber que seu rosto estava constantemente enrugado. Isso era tão real que, quando passava algum tempo exposto ao sol, seus olhos exibiam as marcas decorrentes do estado de tensão facial e realçavam ainda mais a existência de pequenos "pés de galinha" (como são chamadas as rugas no canto dos olhos).

A constante contração muscular era a causa do surgimento das marcas de expressão. Como em AVA o despertar da consciência era muito intenso, seus habitantes percebiam muito claramente o que se passava em seus corpos e, em especial, em seus rostos. Por isso, a face era um espelho que refletia a tranquilidade da alma de cada avano.

O corpo físico do avano também era diferenciado e equilibrado. Ele mantinha seus níveis de colágeno, o que inibia o envelhecimento. Mas o principal fator da eterna juventude era um forte estado de consciência, que não permitia que as rugas se instalassem naqueles supercorpos e mantinha a matéria viçosa.

Hug compreendia que uma alma tomada pelo viço da consciência jamais enrugaria a matéria; em vez disso, a tornaria exuberante.

O corpo de quem vivia em AVA era diferente, vivo. Por isso, além de não envelhecer, era imortal. Mesmo depois que o espírito o abandonasse, ele permanecia vivo e perene. AVA causava uma transmutação nos corpos de seus habitantes que resultava na vida eterna.

Hug recordava-se da existência de diversos santos avanos que aportaram em corpo físico na Terra. Todos profundos conhecedores da realidade avana que, mesmo depois de desencarnados, continuavam incorruptos e intactos, sem sofrer nenhuma forma de deterioração da matéria. Algo muito parecido com o processo de *kriya yoga*, um método psicofisiológico muito simples que consiste na autodescarbonização, em que o sangue é carregado de oxigênio. Por meio dessa oxigenação, ocorre uma transmutação em corrente vital que provoca a retração da degeneração do corpo.

O corpo que se deteriora após a morte física é fruto da ilusão de Maya (a ilusão da temporalidade da matéria, que por isso sofre a deterioração). No entanto, o corpo que se mantém incorrupto após a morte física, na verdade, somente está continuando o seu estado anterior de vivo.

Tal experiência aconteceu com Paramahansa Yogananda. Mesmo depois de morto, seu corpo permaneceu incorrupto, sem nenhum sinal de deterioração, odores ou qualquer forma de decomposição. O mesmo aconteceu com tantos outros santos, tais como Santa Bernadete, na França, Beato Estéfano Bellesini, que se encontra no Santuário Nossa Senhora de Genazzano (Itália), São Pio V, cujo corpo está na Basílica Santa Maria Maggiori (Roma), São Pio X, que está na Basílica de São Pedro (Vaticano), São Vicente de Paulo, guardado em

Paris, e tantos outros corpos de avanos que se mantêm intactos mesmo após a sua morte.

Hug via claramente que os mortos eram aqueles que depositavam suas esperanças na matéria. Como a matéria nem sequer existe, seus corpos sofriam a ação do tempo, deteriorando-se. Os vivos eram aqueles que estavam fulcrados no espírito – o mesmo que apoiou Jesus, quando levitou e conseguiu flutuar sobre as águas. Pedro, no entanto, buscou seu apoio na superfície do mar da matéria e afundou.

Tal forma de vida só existe em AVA. Fora do planeta, todos os corpos – mesmo os vivos – encontram-se em estado constante de uma deterioração diária e contínua, que se intensifica após a morte física. De forma contrária, aos que têm vida, essa energia vai se renovando. Depois da morte física, ela também se intensifica, produzindo a incorruptibilidade.

Quem é incorruptível em vida também o é após a morte. No entanto, quem admite violar o próprio templo universal cósmico e escolhe corromper-se do mesmo modo sofrerá a corrupção na própria carne após o abandono do espírito, e muitas vezes até mesmo antes. É comum que nos deparemos com pessoas portadoras de moléstias em estado adiantado, que até produzem mau cheiro, dado o avançado estado de degeneração de seus corpos, ainda em vida.

O espírito é sempre pela vida e exsuda vida, pois é vivo e não conhece a morte. É por isso que, apesar da autocorrupção que quase todos insistem em impor a si mesmos, o espírito ainda consegue manter o corpo vivo, mesmo que por um breve instante, que pode ser chamado de uma vida de 70, 80, 100 anos ou mais.

O mundo em AVA era diferente, e até mesmo a revolucionária quadridimensionalidade curva do espaço-tempo, revelada por Einstein em sua Teoria da Relatividade Geral,[17] já havia sido superada. A realidade que surgia era uma forma de multidimensionalidade. Nem é preciso dizer que a tridimensionalidade da matéria já havia, há muito, sido superada por seus habitantes.

Em AVA, o infinito universal cósmico cabia na palma da mão e a eternidade podia ser refletida em um átimo de milésimo de segundo. O planeta conhecia muito bem a relatividade do tempo. Por todos esses motivos, experiências multidimensionais eram consideradas normais.

Os avanos guardavam uma característica muito peculiar: a capacidade de detectar os sentimentos em si mesmos, sem depender de fatores externos. Assim, todos amavam por si sós, independentemente do outro. O sentimento era uma realidade para cada um, era um estado de ser. Não havia qualquer vínculo necessário com o outro, o que não significa que todos estivessem desconectados. A ligação consigo mesmo era o canal de conexão com todos os demais. O contrário, que seria a projeção do próprio amor em algo dependente do externo, era a barreira para a manifestação do amor.

O amor era independente. Ele brotava do coração das pessoas e se espalhava por todo o mundo, independentemente do que o outro estivesse sentindo ou pensando. Aliás, em AVA, ninguém pensava. As pessoas somente sentiam. A mente e os

---

17. Einstein dividiu a teoria da relatividade em duas. Primeiramente, apresentou a Teoria da Relatividade Especial, revelando quatro dimensões da matéria, sendo três espaciais e uma temporal, que seria a quarta dimensão. Na Teoria de Relatividade Geral, concluída dez anos depois, foram incluídos os efeitos da gravidade, o que levou à noção de um espaço-tempo curvo.

pensamentos ficavam do lado de fora. Não havia espaço para outra coisa senão viver o eterno instante cósmico do presente. Com o natural afastamento da mente, o que restava era a forma intuitiva do conhecimento. Esta tinha o condão de produzir uma extraordinária percepção de si mesmo e de todo o universo.

Existia no planeta uma percepção direta da verdade, livre de qualquer obstrução mental, que era possível somente porque todos estavam conectados na realidade avana. Viver nesse estado os tornava iluminados. O normal em AVA era o estado de iluminado, o estado de desperto. Era como no início dos tempos, quando ainda não havia a dicotomia entre os opostos e tudo era união, sem separações.

Parecia muito estranho para os avanos que houvesse uma realidade em que as pessoas não fossem despertas e o real não fosse vivido como de fato ele é. Se alguém mencionasse a existência de uma forma de vida em que os indivíduos não fossem iluminados, seria até difícil de acreditar ou de compreender como isso poderia acontecer. Seria como alguém dizer que há milhares de seres vivendo uma vida de ilusão, uma vida que nem sequer tem existência real, e o pior de tudo, por vontade própria, sem ninguém obrigá-lo a isso. Era uma forma de autoprisão voluntária, mesmo que inconsciente.

O estado original de iluminado é o que se pede que os estudantes do zen-budismo busquem na memória. É uma forma de se recordarem do que chamam de sua "face original", ou seja, o seu estado real e verdadeiro, perdido sob os auspícios da mente.

Os moradores de AVA consideravam o planeta pequeno, apesar de suas dimensões monstruosas, pois eles sabiam que o externo é somente um reflexo do interno. Como o interno sempre foi muito maior, o externo sempre parecerá pequeno.

Os avanos também tinham acesso instantâneo a cada canto do planeta, que flutuava no espaço cumprindo fielmente seu destino de orbitar em torno da chama maior que tudo aquece. Como conheciam e transitavam pelos mundos interiores, visualizavam a ilusão projetada para o exterior e eram capazes de perceber a pequenez do reflexo em relação ao real interno imaterial. Essa realidade interna era uma força da natureza que se manifestava somente em AVA.

É até estranho dizer, mas o planeta, apesar de não ser uma estrela, tinha luz própria. Na verdade, ele piscava: ora era luz, ora era escuridão, aparecendo e desaparecendo, intrigando o observador e desafiando sua percepção. Visto de outras partes distantes do universo, aquilo era incompreensível, pois a estrela de AVA surgia sempre ao lado de outro sol e, de repente, simplesmente se apagava, para surgir novamente algum tempo depois.

A cada nova percepção direta que sentia, Hug se lembrava de fatos ocorridos na Terra, como quando no corpo de um mestre avano, conhecido como Jesus, visualizou chamas no centro de cada matéria dinâmica chamada corpo humano. Rememorando aquelas chamas, ele saiu daquela cena imediatamente. Cortando o tempo, ele pairava no espaço e visualizava ao longe uma gigantesca bola solta, coberta de pequenas luzes que acendiam e apagavam na escuridão. Era um mar de luzinhas piscantes, com movimentos compassados, que seguiam um padrão de harmonia. Ele ficou olhando aquilo até entender que o que via era o planeta Terra. As luzinhas eram almas irmãs que encarnavam e desencarnavam, a cada milésimo de segundo, representando toda uma vida, através de um breve período.

Havia um grande dinamismo e magnetismo pessoal em todos os moradores ou visitantes que estavam no planeta.

Havia também uma visível força criativa em todos que ali se encontravam.

Em AVA, todos eram muito observadores. Nada passava despercebido pela forte atenção de seus moradores ou visitantes. Essa força de observação, primeiramente interna, fazia com que as ilusões fossem se desprendendo da existência com a naturalidade de folhas secas que abandonam seus galhos. Então, podia-se ver frente a frente e sem disfarces. Uma experiência parecida com a relatada no primeiro capítulo.

O encantamento com a matéria não mais existia no planeta. Por trás dessa ilusão, os avanos sentiam a presença invisível e indivisível de uma espécie de divino, imutável, apesar da constante e dinâmica transformação. A diferença entre a matéria e o espírito era perfeitamente visualizável. Ao mesmo tempo que formavam um todo inseparável, interdinâmico e dependente, ninguém era seduzido pelas formas, pois todos tinham plena consciência de que até mesmo o vazio era elemento compositor da matéria.

Hug tentou ser o mais fiel possível a tudo o que viu, presenciou e viveu em AVA, mas sempre teve consciência de que seria impossível descrever tudo o que existe no planeta. Mesmo assim, teria ele realmente relatado a verdade, ou estaria usando de uma linguagem figurada ou romântica? AVA tem existência real ou é somente mais um conto de fadas, uma estorinha bonita e sem base na realidade, que foi inventada para a sua distração e entretenimento?

No próximo capítulo, analisaremos melhor essa questão, para que enfim possamos tentar responder: AVA existe?

AVA EXISTE?

Demorei para perceber que cada refeição é única, que cada amanhecer jamais se repetirá, que cada átimo de segundo é exclusivo, que a existência não se repete, que a vida simplesmente é, sem se projetar para o futuro nem para o passado e que, nessa concepção de real, esvaziar-se de tudo é viver completo.

Glauco Ramos

Buscando a resposta acerca da existência real de AVA, começaremos analisando algumas realidades, alguns contos infantis naturalmente envoltos em magia, alguns filmes curiosos que relatam a existência de outros mundos e eventuais passagens bíblicas, que também mencionam universos diferentes. Em nossa aventura, percorreremos terrenos pedregosos e também abordaremos temas correlatos, que insinuam sedutoramente a existência de um mundo à parte, uma realidade diferenciada, mas acessível a todos nós.

Em novas sendas, assumindo a posição de desbravadores do desconhecido, eu convido o leitor para que juntos caminhemos também na seara da física quântica e de partículas subatômicas. Fulcrados na ciência, perscrutaremos com lanternas acesas à luz do dia, como fazia Diógenes de Abdera,[1] a respeito da existência ou não do inefável planeta AVA.

Contos infantis

A realidade de AVA está em inúmeros contos de fadas e em estórias infantis. Peter Pan, por exemplo, vive na Terra do Nunca com seus amigos. A Terra do Nunca é um mundo mágico onde tudo é possível, inclusive permanecer criança

---
1. Vide nota de rodapé nº 12, p. 119.

e brincar eternamente. O personagem, sábia e intuitivamente, acaba escolhendo permanecer no planeta AVA e ser uma eterna criança, optando pelo que os cristãos chamam de "Reino de Deus". Em Lc 18:16, nas palavras de Jesus, *Deixai vir a mim as criancinhas e não as impeçais, porque o reino de Deus é daqueles que se parecem com elas.*

Dorothy, no mundo mágico de Oz, morava numa fazenda com sua tia Ema, seu tio Henrique e seu cãozinho Totó, com o qual brincava o tempo todo. Assim era, até que uma forte e inesperada ventania levou não apenas a casa da fazenda pelos ares, mas também Dorothy e Totó, que estavam dentro da casa. Então, a casa foi carregada para a terra de Oz. Assim, o mundo de Dorothy foi transportado para outro planeta, um local mágico de fadas boas e más, onde espantalhos podiam adquirir cérebros, leões covardes obtinham coragem e o lenhador de lata conseguia um coração de carne. Um universo em que tudo era possível e que existia concomitantemente com o mundo de Dorothy. Era normal entrar ou sair dali, da mesma forma que no planeta que nos está sendo revelado e que estamos conhecendo.

Na *Pequena sereia*, Ariel abandonou o reino dos mares ao apaixonar-se por um príncipe, passando a viver numa outra realidade totalmente diferente da sua inicial. Ela renunciou ao seu mundo e foi para AVA, da mesma forma que todos os dias vemos pessoas largando os próprios mundos, e entregando-se a novos e improváveis horizontes.

Também em *João e o pé de feijão*, o personagem principal trocou uma de suas vacas por grãos mágicos que floresceram e cresceram, atingindo alturas inimagináveis. O enorme tronco entrelaçado no qual João subiu levou-o a um local que chamou de "país estranho" – um mundo desconhecido, um lugar diferente e novo. Nesse conto, a passagem para AVA ocorreu por intermédio de pequenas sementes de feijão que, envoltas em magia, transmutaram-se no veículo condutor de João às alturas inimagináveis de AVA.

A magia dos feijões, na verdade, é a mesma que encontramos em qualquer minúscula semente, pois contém em si mesma todo o esplendor e complexidade da árvore toda. É a mesma encontrada em nós, pois detemos toda complexidade infinita do universo.

Em *Alice no país das maravilhas*, ao contrário de João, que foi alçado a alturas inimagináveis, Alice é lançada às profundezas ao cair na toca do coelho, que era um portal para um mundo desconhecido. Por meio dele, ela veio a descobrir uma terra nova e inusitada, diferente e cheia de maravilhas, como o próprio título já diz.

O filme *Matrix* traz uma referência a essa passagem quando Neo tem que seguir o coelho branco para chegar até Trinity, e então começar a descobrir o mundo real. E Morpheus, em um dos momentos mais determinantes do filme, oferece a Neo a oportunidade de escolher entre a pílula vermelha e a azul, fazendo uma alusão ao buraco do coelho:

Neo, esta é a sua última chance. Depois, não tem mais volta. Se você tomar a pílula azul, a história acaba, você acorda na sua cama e acredita em qualquer coisa que queira acreditar. Se tomar a pílula vermelha, ficará no país das maravilhas, e eu te mostrarei até onde vai a toca do coelho.

Voltando à Alice, no fim do buraco – que parecia interminável –, a menina se depara com o problema da minúscula porta através da qual não podia passar. No mesmo momento, a solução surge diante dela na forma de uma lata de biscoitos com a inscrição "coma-me". Ao degustar a guloseima, ela vai diminuindo de tamanho magicamente até conseguir passar pela pequena porta. As mesmas soluções e respostas são prontamente encontradas em AVA, um local igualmente interminável que poderia, inclusive, ser chamado de "o planeta das maravilhas".

O conto continua recheado de pura magia e esoterismo: flores que verbalizam e cantam, bichinhos verdes falantes, gatos risonhos, cogumelos mágicos, lagartas que leem a mente e todos os ingredientes que fazem do livro e do filme um sucesso total.

Como não podia ser diferente, no filme *Avatar*, possivelmente inspirado na mitologia grega, havia uma lua de nome Pandora, que orbitava o planeta Polyphemus, no sistema de Alpha Centauri. Ela era habitada por seres enormes, altamente sensíveis, de pele azul e olhos amarelados, que possuíam uma compreensão muito grande da interligação de todos os seres e coisas, numa espécie de visão "quântico-holográfica".

A própria palavra "avatar", derivada do sânscrito aval, significa "aquele que descende de Deus". No hinduísmo, significa "uma forma de encarnação", "metamorfose" ou "descida de uma divindade, diretamente do Céu para a Terra". No entanto, na forma humana, ela passa a ser supraterrestre: é a descida da divindade ao invólucro da carne.

Seria, portanto, qualquer espírito que viesse a ocupar um corpo de carne, representando dessa forma uma manifestação de Deus na Terra – o imaterial se manifestando no mundo das formas.

Os textos hindus citam Krishna como sendo o oitavo avatar, ou a encarnação do Deus Vishnu. Ao lado de Krishna, podemos citar outros conhecidos avatares indianos, como Rama, Buda e Patânjali. O mais famoso de todos, Babaji (chamado de Mahavatar), que significa "grande avatar", conserva sua forma física há séculos – talvez milênios – e vive atualmente ao norte dos penhascos do Himalaia, próximo da cidade de Badrinarayan. E não podemos deixar de mencionar o não menos importante avatar Jesus Cristo.

Voltando ao tema, o filme relata a ficção de uma realidade paralela à nossa, ou seja, um mundo com muitas diferenças, mas ao mesmo tempo muito semelhante ao nosso, algo que também acontece em AVA. Lá, o divino é em todos os avanos, emanando de todos e interligando-se aos demais seres como as raízes da árvore das almas de Pandora. Afinal de contas, todos eram avatares.

Já o buraco do coelho, por outro lado, é enigmático e traz consigo inúmeras outras explicações. O buraco em que caiu Alice é a porta de entrada para AVA, significando ainda nossa passagem da vida para a morte e da morte para a vida. O buraco representa também o mergulho em nossas crises, as mudanças e transformações de nossas vidas que, invariavelmente, nos conduzem a uma nova visão da realidade.

Com base nesse sentir, a queda no sagrado vazio e o mergulho na grande decepção, tratados no capítulo I, foram uma forma de ingresso no buraco do coelho, que, por seus resultados, nem mesmo deve ser chamada de queda, mas de ascensão à AVA.

Sob outro prisma, todos nós adentramos o buraco do coelho, ou melhor, caímos nele, quando dormimos e acessamos o mundo mágico de Morfeu, em especial na fase mais profunda do sono, que não contém sonhos.

Conforme já mencionado no capítulo anterior, nessa etapa retornamos a nosso mundo original, também chamado de mundo imaterial ou sem formas, e é nesse local que recarregamos nossas energias. Por isso o sono é tão fundamental e indispensável. É uma forma de retorno ao mundo maravilhoso e indescritível de AVA, nossa primeira casa, nosso lar eterno.

Montague Ullman, psiquiatra e professor emérito na Faculdade de Medicina Albert Einstein, em Nova York, e fundador do Laboratório do Sonho, no Centro Médico Maimonides, no Brooklyn, considera que existe uma forma de fluxo infinito de sabedoria ao qual temos acesso por meio dos sonhos. Ullman acredita que a chamada "ordem implícita de Bohm",[2] também denominada de "ordem envolvida" ou "velada", seja a fonte infinita de informações, e que a ponte de acesso entre essa ordem não manifesta e a ordem manifesta é o sono.

Teoriza o conceituado psiquiatra e professor que existe um natural mecanismo protetor em cada um de nós, que se manifesta nos momentos em que estamos sonhando, não permitindo que entremos mais profundamente em contato com a ordem implícita do que estamos preparados.

Há pesquisadores como o físico Fred Alan Wolf, que considera os sonhos como formas de visitas a universos paralelos por intermédio do contato com um holograma cósmico, partindo do próprio holograma interno.

---

[2]. O inglês David Joseph Bohm é um físico quântico americano, com cidadania brasileira e britânica, com grandes contribuições para a física, em especial em mecânica quântica e teoria da relatividade.

Durante o sono, nossa entrada no buraco do coelho, nós retornamos ao imaterial, abandonamos a matéria e nos reintegramos em algo maior, que tudo permeia, ao qual podemos chamar de realidade divina imanifesta, se preferir. Dessa forma, a própria divindade universal cósmica recebe cada um de nós, e se completa com nosso retorno temporário e cíclico.

Radiação luminosa noturna

Em face à rotação do planeta Terra, cada porção de pessoas em cada um dos continentes – sem levar em consideração as exceções – dorme no período em que a Terra encontra seu lado escuro. Nesse momento, há um movimento de miríades de almas abandonando a matéria e retornando ao seu aspecto original de imaterialidade. Em conclusão, o momento da manifestação de maior luz na Terra ocorre exatamente quando ela está no escuro. Trata-se da luz do reencontro noturno com a imaterialidade, libertadora dos infinitos sóis existentes dentro de cada um de nós, que caminha na passagem da chamada "noite terrestre".

Olhando dessa forma, somos obrigados a concluir que a Terra permanece em estado de iluminação permanente: de dia, pela luz do sol externo, e de noite, pelo brilho dos sóis internos, mais intensos que milhares de estrelas, consequência da visita das almas ao divino. É nesse momento que a divindade faz a alternância do encontro com suas metades, nesse nível dimensional de existência.

O sono é uma necessidade imanente a todos, e é por imposição física e espiritual que dedicamos aproximadamente um terço de nossas vidas a ele. Passamos os outros dois terços em estado de vigília, deixando a matéria com o espaço maior, pois a densidade da matéria condensada é mais intensa que a imaterialidade nesta dimensão de existência.

Quanto mais próximos do astral, termo usado por Paramahansa Yogananda ao se referir a planos superiores da existência, mais tempo ficamos no imaterial. É por esse motivo que os bebês recém-nascidos dormem quase o tempo todo. Eles acabaram de chegar do imaterial e estão em fase de adaptação nessa nova forma densa de vida. Então, deleitam-se permanecendo mais tempo no local de onde acabaram de chegar.

Já os velhos dormem muito pouco, pois já estão há mais tempo imersos e absortos na densidade material terrena, envoltos e seduzidos pela ilusão de Maya, e esquecidos de sua real natureza. Eles já regrediram o suficiente para ficar longe da origem e ficaram velhos exatamente por isso. A origem imaterial é o que rejuvenesce o corpo físico, por meio da renovação e revigoração da alma.

A viagem que acontece por meio do sono é uma forma de alimento mais importante que o alimento físico. Conforme já foi dito no capítulo anterior, em AVA muito nem sequer ingeriam alimentos.

Observe que podemos viver sem o alimento para nosso corpo físico, e existem inúmeros exemplos de pessoas que vivem e se alimentam diretamente da energia solar, mas não poderíamos viver sem o alimento obtido por intermédio do sono.

Quando passamos por uma noite maldormida ou com baixa qualidade de sono, tendemos a ingerir mais alimentos no dia seguinte. A falta do alimento que vem do imaterial cósmico nos deixa fracos. Para reforço, buscamos uma maior quantidade de alimentos para o físico. Trata-se de uma forma de compensação, pois o alimento da alma está faltando.

Por outro lado, quando temos uma boa noite de sono, o acordar é um verdadeiro despertar para um mundo novo, com novas cores e tons. Podemos apreciar o frescor da manhã, que adquire o mesmo significado do frescor de uma nova vida, um renascimento.

Quando dormimos, perdemos a identidade e nos diluímos na infinitude do mar universal cósmico. Isso é perfeitamente perceptível, pois a identidade perdida demora alguns segundos ou milésimos deles para retornar no momento do despertar.

Observemos nós mesmos o início do processo de acordar: quando o intelecto vai retomando o controle, temos que puxar informações pela memória para saber em que cama dormimos e em que casa estamos, pois é comum que a maioria das pessoas passem a noite em locais distintos, quer seja em razão de compromissos com o trabalho, férias ou inúmeros outros motivos.

Em sono profundo, uma pessoa não sabe nem mesmo se é homem ou mulher, branca, negra ou amarela, sem falar de outros aspectos mais pessoais, como se é casada ou solteira, médica ou advogada, e outros mais. A recordação desses fatos surge nos intervalos das fases do sono e no momento do despertar.

De fato, o indivíduo se separa do corpo e da própria respiração, que sofre nítida alteração em seu ritmo. Em alguns casos, acontece até mesmo a chamada apneia do sono, caracterizada pela obstrução das vias respiratórias, inibindo a passagem do ar, o que pode provocar um despertar súbito.

Na verdade, ocorre uma perda da consciência do próprio corpo, do tempo e do espaço. A ausência de conhecimento sobre o próprio corpo, sexo ou respiração decorre do fato de que o espírito não tem sexo e não respira. Por isso, perde-se o contato com esses fatos ou necessidades vitais.

Com a perda da noção do tempo, não há como saber se dormimos por uma hora ou várias. Quando acordamos no meio da noite, sentimos a necessidade de olhar o relógio para saber que horas são, pois fomos desconectados da noção do tempo. Não vimos nem percebemos quanto tempo passou e, muitas vezes, surpreendemo-nos com o pouco ou muito tempo transcorrido.

A libertação de qualquer forma de identificação com o corpo físico iguala uma pessoa aos grandes iniciados despertos de todos os tempos, que conseguiam realizar a mesma façanha em estado de vigília. Por esse motivo, muitos deles nem sequer sentiam a necessidade de dormir, passando a viver acordados por toda a vida[3] ou, em outros casos, dormindo muito pouco, pois os benefícios do sono já eram provados em estado de vigília, já que a ligação ao imaterial era constante e eterna.

Por esses motivos, o sono é uma espécie de recarregador divino das baterias físicas de cada um de nós, mesmo que não saibamos ou não compreendamos os fatos em sua plenitude.

---

[3]. Paramahansa Yogananda menciona, em *Autobiografia de um iogue*, haver encontrado em suas buscas o conhecido Ram Gopal Muzumdar, chamado de "santo que não dorme", que, após meditar durante vinte anos, dezoito horas por dia, morando numa gruta secreta, foi para uma caverna ainda mais inacessível para meditar por mais vinte e cinco anos. Ali permaneceu em união iogue vinte e quatro horas por dia, todos os dias do ano, e não sentiu mais necessidade de dormir. O corpo de Ram Gopal descansava na tranquilidade absoluta da superconsciência, e por isso permanecia acordado, em consciência extática.

A sabedoria milenar do egípcio Hermes Trismegisto, "o mensageiro dos deuses", fala também do processo mágico e milagroso do sono por meio do qual, todas as noites, o indivíduo sobe aos céus para novamente retornar à Terra, interagindo com as forças complementares superiores e inferiores. Trismegisto, três vezes grande, considerado "o grande sol central do ocultismo", era responsável por todos os preceitos fundamentais dos ensinos esotéricos da raça humana, sintetizados e gravados numa esmeralda[4] pela ponta de um diamante. Ele diz:

> *Separarás a terra do fogo, o sutil do denso, com muito cuidado e grande habilidade. Ela sobe da Terra ao céu e de novo descerá à Terra, deste modo recebe a força das coisas superiores e inferiores.*

Por isso, quando um indivíduo acorda, tem que fazer um pequeno esforço de concentração para descobrir em que dia do mês ou da semana está, se é um dia de trabalho ou não, se é um final de semana, até para saber se pode ficar um pouco mais na cama ou deve sair para algum compromisso. Esse processo demora alguns milésimos de segundo ou, às vezes, muito mais tempo, dependendo de inúmeros fatores como sua sensibilidade e a qualidade de seu sono. Por meio dele, a pessoa vai se situando e se encontrando novamente.

---

4. A tábua de esmeralda é um pequeno texto que foi gravado em uma esmeralda e onde estariam guardados os maiores segredos da vida e do universo. Inúmeros místicos, filósofos, magos e alquimistas beberam dessa fonte, cujos segredos, quando revelados, proporcionariam o domínio da chamada quintessência ou energia criadora do universo.

Na verdade, nos primeiros átimos de segundos do despertar, até mesmo quem você é, seu nome, sua profissão e demais informações pessoais têm que ser relembradas, o que acontece natural e inconscientemente por meio do intelecto. O passeio no mundo imaterial é tão profundo e real que sua identidade irreal se dissolve.

A maioria da população não consegue se desviar dos exercícios mentais. Assim sendo, o sono se transforma também numa importante ferramenta, na medida em que atua num nível de consciência abaixo do pensamento: quando o sono entra, o pensamento sai. Se o pensamento não saísse, o sono não teria espaço para entrar. Por isso, quando se está com muitas preocupações, pensando em muitas coisas, não se consegue conciliar o sono.

Quando passava a observar em si mesmo tais aspectos do sono, Hug lembrou-se de tudo que passou no "sagrado vazio". Ele chegou à conclusão de que os momentos em que sofreu a transformação em seu sono e passou a sonhar em profusão na verdade era um grito de retorno ao mar cósmico universal infinito e eterno.

Havia um processo de cura da exacerbada individualidade e insistente fragmentação por intermédio da diluição em algo maior, como encaixar uma pequena peça no gigantesco quebra-cabeça universal. Ao ser encaixada, a peça deixa de existir isoladamente e passa a constituir um todo. Perdendo seus aspectos individuais, a peça retorna ao seu lugar de origem antes da separação, pois foi criada junto da totalidade do quebra-cabeça. Somente depois ela foi recortada e separada, da mesma forma que tudo estava em plena união antes da explosão do *big bang*.

O sono é uma forma de respirar o oxigênio do mundo imaterial. É fazer parte integrante e inseparável dos pulmões do universo, auxiliando por conseguinte a eterna e infinita respiração cósmica. Porém, toda a maravilhosa experiência do doce mergulho no mundo de Morfeu, o sono, na verdade tornou-se um brado de desespero pela reintegração que somente acontece com seres inconscientes e que nunca se observaram, ou seja, com a quase totalidade da população do mundo.

Como não há nenhuma forma de ligação com o imaterial cósmico durante o dia, o sono se transforma nessa válvula de escape, obrigando-nos a retornar ao mundo imanente, nossa verdadeira fonte de alimento e vida.

Depois do exercício diário e inconsciente de chafurdar na lama das exterioridades, depois da algazarra da ilusão diária da existência que induz a toda forma de fragmentação, somos forçados à unidade por meio do sono.

O estado de onipotência que todos experimentamos durante o sono, por meio do qual as limitações de tempo e espaço desaparecem, é o estado normal de livre consciência na vida de um iniciado conectado com o imaterial cósmico, mesmo em vigília. Nesse estado, pode ocorrer o encontro com pessoas que já morreram, ou a passagem por terras distantes ou até mesmo por mundos nem sequer conhecidos. Ocorre assim a quebra da gravidade e das formas, pois o corpo pode flutuar e adquirir novos formatos.

O sono foi comparado a um brado de desespero, pois, para os que já despertaram, não há mais nenhuma necessidade de dormir como forma de retornar a um lugar do qual nunca saíram ou se reconectar a algo do qual nunca se desconectaram.

Conforme já dissemos, inúmeros são os exemplos de mestres iniciados que não necessitam mais cair no buraco do coelho do sono, como foi o caso de Ram Gopal Muzumdar, conhecido como "o santo que não dorme".[5] Muzumdar teria explicado sua experiência dizendo:

> *Na superconsciência, diferentemente do sono comum, quando o coração e demais órgãos continuam trabalhando intensamente, todos os órgãos internos permanecem num estado suspenso de animação, imantados pela própria energia cósmica universal e eterna.*

Porém, para a absoluta maioria inconsciente envolvida na ilusão de Maya, a entrada no buraco do coelho do sono, que é uma espécie de pequena morte (a exemplo da morte física), torna-se uma imperativa necessidade, pois é um modo muito eficiente de interromper a ilusão da matéria, provocando o passeio revigorante pelo imaterial.

Tal experiência consiste em literalmente ser arrancado da limitadora ilusão da densidade material e introduzido na suavidade das multidimensões do imaterial, local onde imperam leis mais sutis e, por isso, tudo pode acontecer. É algo como abandonar a ilusão árida da vida, e então retornar ao habitat natural das inefáveis e revigorantes águas do eterno mar do imaterial, para que, restabelecido, o indivíduo possa voltar ao amanhecer, à ressequida realidade material, para um novo e breve período de um dia.

---

5. Vide nota de rodapé nº 3, p. 161.

Buraco do coelho

Voltando à análise dos contos de fada, Branca de Neve, ao morder a maçã, cai no buraco do coelho, mergulhando no mundo dos sonhos, de onde é retirada pela força do amor de um príncipe. Da mesma forma, no conto francês *A Bela e a Fera*, a Fera é transformada num lindo príncipe, metamorfose decorrente do amor de Bela, que propiciou a quebra do feitiço.

O buraco do coelho também significa a primeira pista de um ARG (acrônimo em inglês de "jogo de realidade alternativa"), que é um jogo que mistura as situações da realidade com as do próprio jogo em si, favorecendo assim uma experiência interativa dos jogadores.

Entrar em AVA é também mergulhar no Santo Graal, um espaço-tempo de forte presença divina. Para os cristãos, o Graal teria sido usado por Jesus Cristo na última ceia, e também teria coletado e abrigado o sangue do mestre em seus últimos momentos. Entretanto, esta é somente uma versão medieval de um mito que na verdade surgiu muito antes da era cristã.

Já na Antiguidade, um povo que migrou do Centro-Sul da Europa e espalhou-se por todo o continente, os chamados celtas, já buscava por uma vasilha mágica que tinha o poder de alterar o sabor dos alimentos ali colocados, levando quem os provasse a sentir o gosto e o sabor dos pratos que mais apreciavam. O item proporcionava ainda vigor físico, força e poder, podendo também devolver a vida aos mortos que fossem mergulhados no recipiente.

Relata a história que, certa vez, foi encontrado o túmulo de um príncipe junto de um enorme caldeirão, capaz de abrigar um homem, contendo imagens de pessoas mergulhadas e ressuscitadas. Como se trata de uma história que antecede o cristianismo, muito provavelmente deve ter inspirado a lenda sobre o Santo Graal cristianizado.

Segundo pesquisadores do tema, em meados do século XII, houve a fusão do entendimento mitológico celta e da jovem ideologia cristã, surgindo assim uma nova busca pelo Santo Graal, mas dessa vez um cálice cristão.

Há ainda outras referências ao *gradalis* – cálice em latim como num poema que contava a história do rei Arthur. Este, junto de seus cavaleiros sob as orientações do mago Merlin, procurava um recipiente mágico que poderia lançar luz e salvar o ameaçado reino de Camelot, tomado pelas trevas.

Chrétien de Troyes, escritor francês, foi um dos primeiros a usar a lenda do cálice sagrado em suas histórias medievais para relatar as aventuras do rei Arthur em suas buscas, que mostraram-se infrutíferas, pois o cálice nunca foi encontrado.

Há uma forte presença do Santo Graal nas lendas arturianas. Algumas delas inclusive repetem e confirmam que o Graal era o objetivo da busca dos famosos cavaleiros da Távola Redonda, que acreditavam que ele teria o poder de devolver a paz perdida ao reino de Arthur. Além disso, a sua posse era o meio pelo qual o cavaleiro poderia alcançar a perfeição.

Na versão do romancista e escritor Dan Brown em *O código da Vinci*, o cálice era chamado de Sangreal, que significa "sangue real", fazendo alusão à origem real de Jesus Cristo, ligada à dinastia merovíngia.

Assim sendo, mergulhar no Santo Graal é como entrar no buraco do coelho. É uma forma de cair em si mesmo, na eternidade do agora, é lançar-se a AVA, é nascer de novo, é abrir o terceiro olho, é conhecer o real.

Para Aladim, na fábula de origem oriental, o planeta AVA surgiu por intermédio da lâmpada mágica, que o transformou num príncipe, alterando toda a sua existência e transmutando toda sua realidade. Ele foi projetado para um mundo absolutamente novo e diferente do que vivia.

Há tantos outros contos e fábulas que fazem menção a mundos diferentes, desconhecidos, maravilhosos e mágicos. AVA também está em inúmeras canções, nas artes, no teatro, no cinema, nas novelas, na vida e em seu coração. Mais recentemente, é a física quântica e de partículas que vem revelando a existência de AVA, na medida em que a simples presença de um observador provoca a alteração do comportamento da própria matéria subatômica que, em última análise, é o que compõe todo o universo.

Cada um de nós auxilia, por intermédio da linha da observação, na criação e confecção do tecido da realidade. Todos gritam a história de AVA, mas muito poucos conseguem ouvi-la.

Então, por que tantos filmes e contos relatam realidades que não admitimos como verdadeiras, mas que adoramos assistir e ler? Mesmo que consideremos algo irreal, o tema exerce verdadeiro fascínio sobre nós. Nós elevamos essas obras ao nível de *best-sellers* ou fazemos com que alcancem recordes de bilheterias nos cinemas em nível mundial. Ainda retornaremos a esse tema no final do capítulo.

ÉDEN

Gênesis fala do Jardim do Éden, local escolhido por Deus para que Adão e Eva vivessem e de lá cuidassem. O Éden era uma espécie de paraíso colocado no lado oriental, onde Deus fez brotar da terra toda forma de árvore agradável, e onde nasciam frutos aromáticos e saborosos para serem degustados. Nesse paraíso, havia tudo o que o homem necessitava. Havia um rio saindo do Éden para regar o jardim que se dividia em quatro braços, completando assim esse espaço paradisíaco. O paraíso descrito em Gênesis é AVA.

Em Ap 2:7, o espírito fala e promete que ao vencedor será dado como prêmio comer da árvore da vida, que está no paraíso de Deus. Uma clara referência à árvore da vida de Gn 2:8.

Eclesiástico fala de um paraíso abençoado, revestido de uma glória que supera toda glória. Henoc teria agradado a Deus, e por isso foi transportado para lá, da mesma forma que também podemos nos transportar para AVA.

Em 2Coríntios, há menção a um arrebatamento direto a uma forma de paraíso onde eram pronunciadas palavras inefáveis, que não poderiam ser repetidas por nenhum homem na Terra.

Em Lc 23:43, é o próprio Jesus Cristo quem garante ao companheiro de cruz, quando instigado a lembrar-se dele, que naquele mesmo dia estariam juntos no paraíso.

Inúmeras são as passagens bíblicas em que Jesus Cristo falou sobre um lugar chamado "reino dos céus". Várias são as parábolas em que o mestre faz menção à existência desse lugar, que para os budistas é o seu objetivo final, o Nirvana.

Infelizmente, tudo foi interpretado erroneamente. Os líderes religiosos inverteram a lógica, passando a mencionar a ideia de um paraíso num tempo futuro, depois da morte. Isso é algo que não existe, nunca existiu e nunca existirá, mas que propicia a manutenção das religiões, por intermédio dessa oferta aliada ao medo de não se alcançar essa promessa.

AVA EXISTE?

Então, me responda você: AVA existe? Antes de prosseguir, sinta – não pense. Dependendo de sua resposta, será possível avaliar se está havendo conexão com a obra.

Antes da resposta, vou lhe contar um fato: quando estava finalizando este livro, conversei sobre AVA com meu filho Arthur, de apenas seis anos, e contei a ele que se tratava de um lugar maravilhoso e tudo o mais que mencionei acima. Cheguei a ler algumas páginas do livro que falavam do planeta, e então perguntei se achava que o planeta existia e se sabia onde ficava. Ele me disse de imediato, sem pensar, em forma de uma pergunta:

– Lá... dentro da gente?

Sim, o planeta AVA existe e é mais real que sua própria existência. AVA é uma sigla que significa AQUI, VOCÊ, AGORA. Estamos falando de um estado meditativo perceptivo desse átimo de eternidade existencial, por intermédio de você mesmo, neste exato aqui e agora. Ingressar nessa dimensão de realidade é o que chamamos de estar em AVA.

Meu filho de seis anos soube a resposta no mesmo instante, confirmando o fato de que as crianças são muito mais evoluídas e sábias que os adultos, cuja resposta sempre passaria por uma avaliação intelectual seguida de conceitos e preconceitos a respeito do ridículo de uma resposta errada, ou da melhor adequação de uma resposta inteligente ou que possa ser considerada correta.

Por isso que o pensamento e a busca da melhor resposta sempre antecederá o posicionamento do adulto. Uma pessoa não responde: posiciona-se com base em toda sua experiência de vida, e esse posicionamento atenderá aos seus interesses naquele momento. Se quiser agradar à plateia ou aos ouvintes, a resposta será uma; se tiver algum outro objetivo, a resposta será outra. Talvez ela pense no posicionamento mais inteligente que a fará passar por sábia ou que pelo menos não a faça cair no ridículo. Porém, o único que conseguirá agradar e massagear será o próprio ego, embora não saiba disso.

No final, a pessoa nem mesmo saberá qual foi a pergunta de tão preocupada que estará com a resposta. Ela nem mesmo terá terminado de falar, e seus sentidos já estarão buscando o *feedback* dos ouvintes ou da plateia, para ver se a resposta lhes agradou ou não e ver se o resultado foi o esperado ou não.

Num sentido totalmente diverso, a resposta dos pequeninos acontece sem interferência do pensamento, pois já vivem em AVA, e essa é a sua realidade. As crianças simplesmente põem para fora o que está em seus corações, jamais se posicionam.

Conforme já dissemos, Jesus Cristo tinha uma predileção pelas crianças e gostava que elas ficassem ao seu redor. Ele deixou claro em Lc 17:20-21, que o reino dos céus está dentro de cada um.

As pessoas, ao contrário, não sabem nada sobre AVA, porque desconhecem este momento, este local e a si mesmas. Então, elas pensam para responder. Quanto mais pensam, mais se distanciam de AVA e, consequentemente, da resposta.

Hug criou o costume de se entregar a AVA, e são raros os momentos em que não está no planeta. Eu o convido a visitá-lo também até conseguir transferir definitivamente sua moradia para lá, que na verdade é aqui.

A tríade AVA pode ser traduzida por meio da santíssima trindade do cristianismo, o poder divino se manifestando em aqui, você, agora, uma natural unidade na trindade que pode ser comparada à união de todas as coisas.

Os três tempos, que na verdade são uma única coisa (presente, passado e futuro), encontram-se imersos no estado único de AVA, através do qual têm sua manifestação de unidade nessa trindade.

A simbologia do canto do galo[6] avano, tido como responsável pela ressurreição do sol e o surgimento do alvorecer, arauto da esperança e do renascimento, anunciava o início do ternário iluminado de um dia terreno, que se divide em três fases: o nascer, o zênite e o ocaso. Ele também encontra representação na sabedoria egípcia, por meio de *Hórus*, que significa "o nascer", *Rá* que é "o zênite", e *Osiris*, que ocupa o lugar do "pôr do sol".

A própria encarnação na Terra se apresenta em três fases: o nascimento, a existência e a morte, também chamados de começo, meio e fim. Em seguida, na constituição da família, encontraremos a tríade pai, mãe e filho. Encontramos também essa constituição familiar na trindade egípcia *Osíris* (pai), *Íris* (mãe) e *Hórus* (filho): *Ammon, Mouth* e *Khons*.

A própria constituição do mundo avano é composta de três elementos: os vegetais, os minerais e os corpos terrestres

---

6. O galo é um símbolo adotado por inúmeras tradições religiosas. É considerado uma criatura dos céus, e seu canto é um símbolo de renovação espiritual. Toda essa simbologia, que teve sua inspiração no culto ao deus Sol da Antiguidade, é também usada pela maçonaria, ao lado da ampulheta. No Japão, existe um festival destinado ao galo, por ser considerado simbolicamente como o responsável pelo nascimento do sol. Para o povo africano, a ave é considerada um parceiro colaborador do deus *Olurum*. Os gregos consideravam o galo um sentinela, simbolizando *Alection*, ou aquele que anunciava a chegada do sol. Para Portugal e França, a ave é considerada um símbolo nacional, representando a luz e a inteligência.

que, por sua vez, trazem em seu bojo os três princípios alquímicos: o mercúrio, o enxofre e o sal. A própria matéria, numa visão newtoniana, é composta por três dimensões: a largura, a altura e o comprimento.

Todos os seres têm corpo, alma e espírito. Essa constituição trina manifesta sua essência num profundo estado de AVA, de onde surgiram as três virtudes teológicas: a fé, a esperança e a caridade.

Por três dias, o avano Jesus Cristo, crucificado aos trinta e três anos de idade, numa composição de três cruzes, na terceira hora, permaneceu na sepultura por três dias e três noites. Jonas permaneceu três dias e três noites enterrado nas entranhas da baleia, até o momento em que foi vomitado por ordem de Deus.

Pedro, aquele que Hug, no corpo de Cristo, salvara do afogamento enquanto flutuava sobre o mar, negou Jesus por três vezes, e foram três as mulheres que cuidaram do corpo do mestre.

Na gnose, AVA é representada por meio do ternário princípio, verbo e substância. A trindade de AVA está também na cabala hebraica, por meio de *Keter* (coroa), *Hochmah* (sabedoria) e *Binah* (inteligência).

AVA está na maçonaria, por meio dos três atributos indispensáveis de todo maçom: do amor ou sabedoria, da vontade e da inteligência. A entidade repete a simbologia da cabala hebraica por meio da trindade *Keter*, que significa coroa, *Hochmah*, que é a sabedoria, e *Binah*, inteligência. O ternário é ainda simbolizado pelas três grandes colunas maçônicas, que guardam o significado de sabedoria, força e beleza.

No hermetismo,[7] achamos os sinais da avana trindade nas palavras *Archêo*, que significa "alma universal", *Azoth*, a "substância mediadora", e *Hylo*, a "matéria passiva". A mesma trindade aparece na confecção de um dos principais livros do hermetismo, chamado *O Caibalion*, escrito no final do século XIX pelas mãos de três iniciados.

Da trimurti hindu, a tríade avana se manifesta em *Brahama* (criação), *Vishnu* (conservação) e *Shiva* (destruição). *Sat* (pura existência), *Chit* (pura consciência) e *Ananda* (pura felicidade) representam as três principais forças do universo. A tríade de divindades indianas também compõe o já mencionado verbo AUM,[8] a trindade do verbo em forma audível, que se faz em unidade, na medida em que detém todos os sons, inclusive o silêncio.

AVA está também na trindade suméria: *Shamash* (deus do sol), *Sin* (deus da lua) e *Ichtar* (deusa do amor e da sexualidade[9]). No Taoísmo, AVA aparece por intermédio de Ying (princípio passivo), Yang (princípio ativo) e Tao (o caminho).

O estado de AVA era em Buda e é no budismo, por meio da tríade *Buda* (iluminado), *Dharma* (lei) e *Sanga* (assembleia dos fiéis). Também o conhecido caminho óctuplo do budismo é dividido em três grupos: a sabedoria, que em sânscrito se escreve *prajna*, a conduta, chamada de *sila*, e a concentração, *samadhi*.

---

7. Vide nota de rodapé nº 4, p. 162.

8. Vide nota de rodapé nº 9, p. 106.

9. Existem diversas imagens da deusa Ishtar. Ora é a deusa do amor e da sexualidade, ora deusa da guerra, rainha do universo, e ainda deusa da chuva e do trovão.

O ternário avano é sinônimo de despertar e de iluminação. O três é o número da luz, que engloba o fogo, a chama e o calor. Da Caldeia, essa tríade se manifesta por intermédio de *Ulomus* (luz), *Olosurus* (fogo) e *Elium* (Chama).

Tamas, que significa a inércia ou a escuridão, *Rajas*, que é o movimento e a paixão, e *Sattya*, que tem por significado a bondade e também a harmonia, surgem na Índia como partes inerentes da substância eterna, também chamada de *Maya*.

Três são as estrelas da constelação de Orion. Três são as pirâmides de Gizé: Queops, Quefren e Miquerinos, que seguem exatamente a mesma posição do cinturão de Orion.

Por toda parte, Hug encontrava a trindade una avana. Esse estado de presença em si mesmo e no presente do eterno agora é o principal portal para o não manifesto, termo utilizado por Eckhart Toole, que mencionei, de passagem no capítulo I. Trata-se de uma porta de entrada para o presente, em você e neste exato local, que produz a sincronização dos hemisférios mentais com todo o universo. Esse estado de AVA é que propicia o acesso a essa região sem forma, que é fonte invisível e indivisível de todas as coisas, o vácuo mantenedor de tudo e de todos.

De fato, todos somos originariamente avatares de AVA. Assim, entrar no planeta é uma forma de retorno ao lar, ao ingressar em si mesmo.

Cristo falou sobre retornar ao lar na parábola do filho pródigo, que saiu de casa, acabou com seus bens e depois foi recebido pelo pai amoroso, de braços abertos.

AVA é como o pai amoroso, que sempre o estará aguardando de braços abertos, independentemente de quão errante tenha sido a sua vida. O que importa não é o que passou, mas o agora (terceira letra de AVA), pois você (letra central de AVA) é novo a cada agora que ressurge.

Esse espaço único é seu originariamente e sempre estará à sua disposição, para que você retorne quando quiser ou permaneça nele. Mesmo que você esteja por um longo período no espaço mental, seja na bebida, nas drogas ou depois de ter gasto tudo o que tinha – mesmo que venha a se matar –, ainda assim, quando quiser, poderá voltar ao aqui, você, agora.

Esse local é seu, é a sua casa, é o seu estado natural, é o seu lar, é onde todos estavam antes da queda para o mental, e é de onde viemos e para onde retornaremos, mesmo que percamos nosso tempo em outras paragens.

De fato, isso é voltar a um lugar do qual nunca saímos, mesmo porque não há como sair de si mesmo, e menos ainda voltar a um lugar de onde nunca partiu. Um indivíduo pode ter deixado de sentir a si mesmo sem, no entanto, sair de si. Ele pode não mais sentir o agora, mas é nele que o indivíduo se manifesta.

Você pode estar longe e ter perdido o contato com o aqui, mas é somente aqui que você tem existência real. Sua insensibilidade e mergulho na ilusão de *Maya* não tem o condão de tirá-lo de si mesmo. Um indivíduo pode até mesmo esquecer-se do próprio coração, mas ele continua pulsando e mantendo a sua existência na matéria.

AVA é você, no centro do aqui-agora. Se você existe e é eterno, AVA também sempre existirá. Mas, como tudo mais, a decisão de entrar em você mesmo, aqui e agora será sempre sua, e ninguém poderá interferir, seja para encorajá-lo ou não. E é importante que se diga que "entrar" significa simplesmente "aceitar" a realidade.

Se você resolver estar em AVA, todo o seu potencial, a sua criatividade e o seu poder pessoal retornarão à sua vida e você poderá vivenciar tudo o que leu no capítulo II. Estar em AVA é submeter-se ao eterno presente em você e agora, e não há como acessar esse campo sem libertar criatividade, poder e força vital.

O estado de AVA é meditação pura e profunda, e ao mesmo tempo vigília consciente, desperta e iluminada. Estar em AVA é viver na beatitude eterna, é provar do extraordinário "você", é saber que não há existência fora dessa tríade.

É o mundo causal de Sri Yukteswar, mencionado por Paramahansa Yogananda em sua autobiografia, que divide o homem em três corpos: o físico, o astral e o causal. O físico é o que se manifesta por meio de nossos sentidos mais básicos como sentir, ouvir, tocar, provar e enxergar. O astral tem manifestação por meio dos poderes de vontade e de visualização. Por fim, o causal, que é o estado de AVA, tem expressão quando você mergulha em introspecção ou num estado meditativo, e é aí que você poderá ser visitado por inefáveis realidades cósmicas, eternas e universais.

Entretanto, o estado meditativo deve surgir naturalmente, sem esforços e sem buscas. Esse estado surgirá com toda a sua naturalidade quando você aceitar tudo o que é e da forma como é, sempre permitindo que isso brote do mais profundo núcleo de si mesmo, único local em que a tríade poderá ser sentida.

Hug demorou muito para perceber que isso era tão simples, pois era difícil de acreditar. Uma coisa assim, tão banal, não cabe em mentes treinadas para as coisas complexas. "O paraíso é algo de difícil acesso" e frases do tipo estão enraizadas dentro de nossa psique, e não permitem que acessemos a realidade tal como ela é.

As crianças veem amigos imaginários, Papai Noel e Coelhinho da Páscoa, às vezes gnomos, porque ainda não internalizaram ensinamentos de que tais seres não existem. Da mesma forma, nossas mentes não conseguem captar que na simplicidade da tríade una aqui, você, agora encontra-se o poder eterno e o paraíso na Terra ou onde estiver.

Hug já começava a sentir esse estado. Por intermédio da simples prática de ingressar em si mesmo, de sentir a própria vida, de dedicar-se a si mesmo, ao próprio coração, à respiração, ao pulsar das próprias veias, à energia de vida, à profunda contemplação e observação de si mesmo, ele suplantava o próprio físico e entrava na percepção da eternidade na tríade avana. Nessas ocasiões, o tempo parava, e ele podia ouvir o coração do planeta pulsando no mesmo ritmo que o seu. Quanto mais profundo ele se permitia ir, mais provava desse estado de plenitude que, num determinado momento, tornava-se um canal de ligação com todos os mundos.

Hug se sentia tão completo que pensou que esse estado era tudo o que existia, que realmente era a plenitude. Mal sabia ele que estar em AVA era o começo, a porta de entrada. Ele teria que entrar para aprender o restante, pois não há como explicar o indizível.

Estar em AVA vai lhe permitir acessar o que Eckhart Tolle chama de "corpo interior": o seu eu verdadeiro. E, depois de algum tempo, isso vai gerar um novo modo de vida, por intermédio do estabelecimento de uma conexão permanente com esse corpo interior divino. Isso produzirá uma profundidade em sua vida jamais experimentada ou imaginada.

Sobre o tema da profundidade, vale ressaltar que esse espaço interior é uma responsabilidade sua. O que observamos, infelizmente, é que até hoje estamos poluindo o mundo, pois a sujeira interior se reflete no externo. Logo, cada um de nós vem contribuindo individualmente com a sujeira coletiva interna e, consequentemente, também com a externa, pois não há separação.

Se você gostou de tudo o que havia em AVA, saiba que tudo aquilo lhe pertence, bastando que aceite esse estado de aqui, você, agora. Assim, você acessará tudo o que foi descrito, desde a abertura das percepções e sensibilidade, passando pelas conexões dinâmicas, incorporando a autocura e chegando à imortalidade, que, aliás, sempre foi sua.

Eu não trago essas palavras e expressões novas por acaso. Isso acontece porque uma palavra nova, uma expressão nova ou uma sigla nova sempre vem desprovida de preconceitos, às vezes estabelecidos e gravados em nosso DNA há milênios, e que nos impedem de alcançar o seu real significado. Uma sigla nova para cada um de nós não vai significar nada, e então esse nada será a fenda aberta em seu espírito, que propiciará o sentimento verdadeiro. Por isso eu tenho por hábito usar desses recursos, dessas chaves. Eles são muito úteis, pois por meio deles posso atingir diretamente o seu coração.

Recursos desse tipo são amplamente utilizados, especialmente pelo misticismo indiano, no qual existe um grande número de deuses e deusas envoltos em histórias fantásticas, que acabam por se constituir em veículos que propiciam a transmissão de suas doutrinas. Tais deuses, ao lado das mandalas, símbolos, imagens e de tantos outros recursos místicos, de certa forma suprem a falibilidade das palavras. Onde as palavras não podem alcançar, em razão de sua limitação, o símbolo pode produzir os efeitos desejáveis a fim de expressar o inexpressável.

Agora Hug compreendia o porquê do surgimento de AVA. Aquela era uma sigla que nunca havia sido ouvida, portanto sua mente não a rechaçaria de imediato como algo ruim ou reprovável, ou ainda como alguma coisa já conhecida, catalogada, predeterminada e, por conseguinte, não sujeita a um novo sentir sobre o tema.

Como a mente intelectualiza tudo, diante de uma coisa nova, ela terá um trabalho adicional de tentar primeiramente entender, catalogar, explicar, formar um conceito prévio e, na maioria das vezes, destruir. Então, nesse pequeno lapso, eu posso atingir o seu coração. É nesse vazio que AVA poderá entrar.

A experiência do toque no coração é uma forma de conhecimento direto e provoca mudanças profundas em seu eu verdadeiro, que não mais será alcançado pela mente. Estamos falando de um espaço em que o mental não consegue entrar.

Por experiência própria, Hug sabia que o toque no coração não vinha de fora. Por isso, é tolice esperar ser tocado por algo ou por alguém. Esse toque sagrado parte de dentro de cada um. É o seu coração que tocará em AVA, no momento em que estiver preparado.

Nessa mesma linha, o zen-budismo se utiliza da aparente contradição dos *koans* a fim de deter o processo mental e induzir o discípulo à verdadeira experiência mística. Os *koans* são uma forma de narrativa, diálogo, afirmação ou questão que contém aspectos inacessíveis à razão e, por isso, tem por objetivo expor paradoxos do pensamento conceitual. Tais paradoxos, quando expostos, propiciam a iluminação do aspirante a zen-budista.

Um exemplo de um *koan* muito conhecido e bastante citado é: "Batendo duas mãos uma na outra temos um som; qual é o som de uma mão?"[10]

Se o seu coração for tocado pelas mãos internas do imaterial, a mente não tem mais como destruir nada. O mental não tem o poder de destruir uma experiência do coração, pois o coração está acima do mental.

O toque do coração é semelhante ao toque que Jesus recebeu da mulher, ocasião em que ele percebeu que uma força havia saído dele, mesmo estando no meio de uma multidão onde, devido à grande quantidade de pessoas que se esbarravam, seria impossível detectar um toque isolado. Assim é o toque do coração: a força e o poder saem da pessoa, então vão em direção a AVA.

Por isso, as experiências verdadeiramente espirituais jamais são destruídas pela mente. Elas nos acompanham por toda a eternidade – tanto nesta vida quanto em outras.

Por esse motivo, os primeiros discípulos de Cristo caminhavam sorrindo até a própria morte se necessário fosse, com passos firmes e largos, embalados pela fé inabalada em sua própria experiência do coração. Nada nem ninguém poderia tirar isso deles, pois trata-se de um patrimônio que nada pode corroer ou destruir. A situação é bem diferente hoje com os líderes religiosos – diga-se de passagem –, tomados pela intelectualidade e envoltos em toda sorte de ilusões.

O mental consegue tirar uma pessoa de dentro desse espaço, mas não consegue adentrá-lo. Então, ela fica o tempo

---

10. Tradição oral, atribuída a Hakuin Ekaku, 1686-1769.

todo fazendo investidas, a fim de manter o controle que, invariável e infelizmente, é mantido de uma forma ou de outra, pois a mente ainda é a grande vitoriosa no mundo de hoje. Ela se utiliza do passado ou do futuro, e de inúmeros artifícios, preocupações e necessidades irreais. Quem manda em sua vida é a mente, não você. Você é um simples escravo, um serviçal de sua mente.[11]

Apenas por meio da aceitação do estado de AVA o indivíduo passará a ter a compreensão do mundo ao seu redor. Somente permitindo que a compreensão passe por você será possível usufruir dela.

Ignorar AVA é excluir o real de sua vida. Por isso, é importante provar esse estado por meio de uma vivência pessoal. Caso contrário, você permanecerá imerso na encantadora *Maya*.

O seu mundo sempre terá o tamanho de suas percepções. Se você estiver imerso no tempo, não conseguirá vislumbrar a eternidade. Se estiver submetido à matéria, não conseguirá ver a imortalidade. Se ignorar AVA, não saberá do que estamos falando.

Desde que nasceu, o indivíduo vem tentando compreender o mundo e os outros, mas não vem obtendo muito êxito no

---

11. Estamos abordando a mente, em contraposição ao estado de AVA. O estado mental é aquele tagarela, que não lhe dá uma pausa, que não interrompe suas atividades nunca. É a mente que fragmenta, cataloga, explica e racionaliza. Já o estado avano é o estofo do universo, algo que tudo permeia e que pode ser alcançado nos estados profundos de meditação, ou em estados alterados de consciência. É um local onde a mente não entra e há um vazio, um estado não mental. A mente tem profunda ligação com os egos, e AVA é o seu coração, um estado que está além dos egos. Na verdade, não há como explicar o que é estar em AVA, da mesma forma que não é possível explicar o divino.

seu intento. Quanto mais ele tenta, maiores são as decepções. Então, quando ele acha que está compreendendo um pouco, o tombo acontece e ele volta à estaca zero. "Quanto mais reza, mais assombração lhe aparece", já dizia o velho ditado.

Toda essa situação causa um grande sofrimento, fazendo com que cada indivíduo se sinta um ser incompreendido. Porém, o problema está em tentar obter a compreensão por meio da causadora de sua incompreensão, que é a sua mente.

É a sua mente que o deixa perdido, sem entender nada nem ninguém, e que, quando tem algumas certezas, muito rapidamente faz com que elas se dissolvam pelas próprias circunstâncias da vida. O indivíduo abraça o inimigo na busca de um auxílio que nunca virá – não desse local, não dessa forma, não do mental intelectual.

O que precisa ser entendido de uma vez por todas é que partindo do mental não encontraremos resposta alguma, pois a mente existe para complicar, e nunca para explicar. Ela atua em campos que nem sequer existem, pois atua no tempo.

Observe e sinta que você não resolverá a sua vida amanhã, pois não existe amanhã. Você não resolverá nada daqui a pouco, pois não existe daqui a pouco. O único momento e local em que poderá acontecer algo é em AVA: aqui, em você e agora.

AVA é o local mágico, que nem sequer é um lugar, em que tudo pode ser resolvido, tudo pode ser sentido, tudo pode ser vivido, tudo pode acontecer. AVA é em você. Eu o chamo de AVA, mas você pode chamá-lo do que bem quiser, como paraíso, *samadhi*, nirvana ou simplesmente de presença consciente.

Então o paraíso é aqui, em você e agora? É isso mesmo. É nesse local que os problemas desaparecem. Não existe a possibilidade de problemas em AVA, pois eles estão em outro lugar que se chama mente, e a mente não entra em AVA.

Certa vez, antes do lançamento deste livro, estava conversando com algumas pessoas sobre o planeta AVA quando uma delas questionou se esse tal planeta não era uma ilusão, uma espécie de fuga da realidade que eu havia criado, um mundo maravilhoso, mas inexistente. Observe que é exatamente o contrário: a fuga da realidade você encontra na mente e nos egos. Em AVA, o que ocorre é o encontro com o real, com o total. AVA é aqui, você e agora, então como o real pode ser uma ilusão?

No entanto, a mente é astuta e provoca a inversão da compreensão. Assim, você intelectualiza o tema e termina fazendo uma pergunta tola, sem nenhum sentido, mas que encontra lógica no mental. Você está tão absorto no mundo mental que tenta compreender AVA e o estado de AVA, que não é algo para ser compreendido, mas simplesmente vivido. Então, a sua mente começa a racionalizar a partir de seus padrões preestabelecidos e sempre partindo de si mesma. Por fim, ela encontra em AVA uma fuga da realidade, pois acredita que a realidade é o mental. Os egos não gostam nem mesmo da ideia de AVA, pois entrar em AVA significará a morte deles, e eles querem sobreviver.

Somente haverá a compreensão real se você abandonar a mente e entrar no estado de AVA. Aí então você saberá do que estou falando. Caso contrário, continuará intelectualizando sobre a existência ou não de algo e, com certeza, encontrará motivos para justificar a inexistência de AVA. Como se fosse possível que você, o aqui e o agora não existissem. Como se fossem uma ilusão.

Não importa se algo existe ou não. Entre lá para ver. Não pense se há sentido nisso, não racionalize, não tente entender. Somente experimente, para depois tirar suas conclusões reais, e não mentais, e poder constatar o que é, sem nada concluir.

Não acredite no que ouve. Palavras realmente não terão sentido enquanto você não conhecer AVA em sua real profundidade. Somente tenha a coragem de dar uma conferida. Esse é o começo, e o começo é muito mais importante que o final.

Do mesmo modo que a semente contém toda a árvore, que um pequeno pedaço de filme contém todo o holograma, o primeiro passo contém todos os demais. Porém, se o passo não for dado, não haverá os seguintes.

Nosso passo seguinte será trazer fatos científicos que possam demonstrar ou pelo menos dar um vislumbre da existência da realidade de AVA. Apesar de ser aqui, você, agora, às vezes ainda pode ser difícil acreditar que ela exista da forma relatada.

A seguir, trarei algumas realidades e situações com as quais a ciência já se deparou, sem tirar o pé do misticismo. Elas poderão nos induzir, ainda que indiretamente, a um vislumbre pequeno e intuitivo que possa ser da existência desse estado. Vale sempre ressaltar que o ideal é que você sinta e prove, e não fique buscando argumentos.

Recentemente, físicos respeitados e consagrados como David Bohm, PhD, e Karl Pribam, PhD, passaram a abordar a existência do ser humano e de todo o universo como uma representação holográfica. Isso fornece uma nova e revolucionária visão a respeito da vida e do estado paradisíaco de AVA aqui tratado. É uma sedutora ideia a respeito da nossa realidade, ressaltando que, em AVA, a realidade é holográfica.

Esse estado de AVA é algo que sempre nos intrigou. Ficamos balançados entre o que sentimos ser real, o irreal e o inexistente, que, apesar disso, sempre povoaram nossas mentes, nossa imaginação e principalmente nosso sentir.

Então, voltamos ao questionamento feito anteriormente no início do capítulo: por que, mesmo querendo acreditar que não se trata de algo real, o tema nos causa tanto fascínio?

Creio que a resposta esteja no fato de que, apesar do esquecimento, ainda guardamos uma memória, mesmo remota, de nossa verdadeira origem, de nossas infinitas possibilidades e probabilidades. Guardamos em algum ponto íntimo inconsciente algo que nos faz recordar que fazemos parte de algo maior. É alguma coisa que nos induz intuitivamente a reviver a magia perdida, mas que ao mesmo tempo continua viva em nossos corações, apesar de sufocada por tanta realidade material.

Nascemos na magia e num mundo em que tudo é possível. É uma realidade que produz o que quisermos ao simples toque de nossa imaginação. Somos envoltos numa forma de inocência que se torna a expressão máxima de poder, por isso gosto de dizer que nascemos evoluídos e vamos involuindo. À medida que crescemos, vamos abraçando uma forma de realidade sufocante, em que tudo é extremamente difícil ou quase sempre impossível. Uma realidade que produz seres humanos chatos e sem graça, e por consequência uma vida também sem sal.

Por isso quase não existem filmes e contos que retratem a sua realidade cotidiana e as dos demais. Os filmes que contassem esse tipo de coisa do dia a dia dificilmente fariam sucesso, pois a vida dos adultos é chata. Já a realidade das crianças é magia pura, alegria, felicidade, criatividade e dinamismo misturados com a inocência, que derruba todas as barreiras do impossível. Quando se é inocente, tem-se o poder de realizar o impossível pelo simples fato de não se saber que não é possível fazer isso.

Nascemos envoltos em tanto poder mágico pois, na verdade, estamos descolando muito brevemente do imaterial fluídico e eterno, para colapsar numa forma material e temporária. Como um peixe retirado da água e lançado ao solo, acabamos de sair do poder e entramos na limitação pesada da matéria. Esta por si só já é delimitadora e cega, mas mesmo com tais limitações mantemos toda a noção do poder dentro de nós, pois fazemos parte dele e refletimos seu holograma por meio da presença da chama do imaterial dentro de nós.

É por isso que os contos e filmes que mencionamos seguram tanto a nossa atenção. Eles nos remetem às lembranças inconscientes de que se trata de algo real, do qual fazemos parte, sempre fizemos e sempre faremos. Lançando o olhar sobre o pensamento introduzido no início deste livro, ousamos repetir: "a criação é nossa".

O vácuo é a ordem, a matéria é a exceção e o nascimento é uma forma de integração de um corpo mais denso ao seu corpo original fluídico, que existiu desde sempre. É a ligação eterna e atemporal com Eywa, o deus de Pandora, do filme Avatar, que traz AVA até no nome. É migração do vácuo para a matéria sem a perda do vácuo.

O nascimento na verdade é uma soma transformadora, como tudo o mais no universo, por meio da qual você, mantendo seu corpo fluídico anterior, faz a integração numa forma com maior densidade, regida por sufocantes leis próprias. Por isso que há uma difícil adaptação da criança ao mundo da materialidade, o que leva muitos a não conseguir adaptar-se totalmente, mesmo depois de adultos.

De onde você veio, as leis são diferentes. Quando você entra nesta realidade, o choque é inevitável, pois até mesmo o parto acontece num ambiente de dor. A externalidade da vida física, inicialmente uterina, tem seu início com o choro, que induz ao necessário exercício da respiração, da qual você se tornará escravo até seu último suspiro. Só será diferente se você conseguir aprofundar o próprio mergulho em si mesmo e encontrar aquele estado extático avano, que tem manifestação neste exato agora e local. Isso é muito conhecido pelos iniciados, como Sri Yukteswar, que não respirava quando em profundo estado meditativo.[12]

Hug compreendia a dispensabilidade da respiração para aqueles que conseguissem permanecer profundamente naquele estado avano. Ele sabia que a dependência da respiração era a causa de inúmeros problemas, entre eles o pânico em seus infinitos níveis. Todos sabem inconscientemente que, quando pararem de respirar, receberão a visita do fim da vida, por isso o medo da morte estava intimamente ligado ao medo de parar de respirar. E por isso que a pessoa asmática tem uma propensão maior ao medo.

---

12. Yogananda conta em sua autobiografia que, em certa ocasião, aproximou-se de seu guru Sri Yukteswar, que se encontrava em transe iogue, e percebeu que o mestre não respirava. Isso o encheu de terror. Nas palavras de Yogananda, "Seu coração deve ter parado! Coloquei um espelho sob seu nariz; nenhum vapor de respiração apareceu. Para certificar-me pela segunda vez, tapei sua boca e nariz por alguns minutos com meus dedos. Seu corpo estava frio e imóvel. Confuso, corri para a porta, para buscar socorro".

Hug era mergulhador amador. Ele sabia que o estado de apreensão que o tomava a muitos metros de profundidade tinha forte ligação com a iminência e com o receio de faltar ar.

Você nasce chorando, e não sorrindo, salvo raras exceções. Alguns passam a vida chorando, sem conseguir se adaptar a esta forma de vida. Você se considera um ser de outro planeta ou de outro mundo, pois é de outro mundo. Talvez seja de AVA, talvez de um mundo mais próximo dos contos infantis que você tanto adora e prestigia, mesmo em formato físico de adulto. Ao mesmo tempo, seguindo a dualidade desta realidade, você os rechaça e diz não acreditar, pois são coisas de crianças inocentes. Você não acredita nesses contos, mas não perde um só filme dessa natureza.

Somente quando você admitir o próprio retorno a AVA é que conseguirá encontrar um lar no planeta em que vive. Enquanto você não aceitar nem incorporar-se no estado de AVA, também não será aceito em seu mundo, e será sempre um extraterrestre, um estranho no ninho. Você só sentirá o aconchegante calor do acolhimento em seu mundo quando puder acolher AVA. Tenho certeza de que então você saberá muito bem do que estou falando, por experiência pessoal.

Por outro lado, é fundamental que se repita que AVA não pode ser explicada, mas somente sentida. Como há uma tendência moderna de aproximação da ciência e da religião, do misticismo e do científico, faremos essa forma de abordagem no volume seguinte. Nós exploraremos essa nova realidade, para ao final fazer a integração do seu mundo de adulto e do seu mundo de criança, que existem e sempre existirão ao mesmo tempo em sua vida, mesmo que você negue uma das partes.

Aceitar a existência de AVA é uma forma de tornar o planeta real em sua vida, algo natural em sua existência. Quanto mais você negar sua existência, mais se aprofundará em fugas, por meio de contos infantis e filmes que falam sobre a realidade negada.

Se você não encontrar o planeta em si mesmo, aqui e agora, não terá como achá-lo nos filmes. Você só estará contribuindo para os recordes de bilheteria e talvez enriquecendo Hollywood, porém empobrecendo a própria vida.

Reprimir o estado avano é reprimir o aqui, reprimir sua própria existência e reprimir o agora. É uma missão inglória reprimir a única forma real de existência, a eternidade que é você.

Tudo o que relatei sobre AVA senti intensamente em minha vida e em cada célula de meu corpo. Eu deixei que a realidade de AVA passasse por mim de modo intenso e suave, e pude conhecer e provar aquilo que ora descrevo. Por isso, convido o leitor a respirar fundo, agora mesmo, e pular do estado mental para aqui, você, agora. Prove um pouco dessa realidade, enquanto aguardamos o momento de ingressar em esferas holográficas, para sentirmos o holomovimento do vazio colapsado em matéria e compreendermos então o conceito de holoexistência.

Hug imaginou que sua experiência estava completa, que nada mais havia para ser visto ou provado. Mal sabia ele que havia conhecido um pouco de uma das esferas de AVA, e que ainda havia outras duas, que aguardavam o momento certo de manifestar-se em sua vida. Afinal de contas, AVA é uma tríade.

O MUNDO HOLOGRÁFICO DE AVA

*A existência é a não existência, que foi sugada
pela força energética da matéria e tornou rígido o
vazio no momento em que a consciência se voltou
para o externo.*

Glauco Ramos

O HOMEM DO BARCO

Esta noite, enquanto espreitava em níveis profundos de consciência, talvez no astral,[1] Hug teve um sonho que o intrigou. Ele parecia bastante revelador, pois se tratava de um dos grandes problemas da humanidade atual.

Havia um pequeno barco atracado numa baía de um grande braço de mar. Dentro da pequena embarcação, existia um homem que ali estava o dia todo, observando o oceano e seus movimentos, contemplando o sol desde o seu nascer, passando por sua ascensão ao zênite e seu declive ao lusco-fusco.

O homem ali permanecia, meio fascinado com a beleza da natureza, e com a força e imensidão do oceano. Ele procurava algum movimento nas águas, alguma manifestação de vida marinha, e ficava feliz e curioso quando se deparava com as brincadeiras das focas e dos leões marinhos, que surgiam na superfície e novamente desapareciam.

---

1. De acordo com Osho, todos nós temos sete corpos. O físico é o mais denso deles, seguido pelo etérico, o astral, o mental, o espiritual, o cósmico e, por fim, o nirvânico. Cada um desses corpos desenvolve seus próprios sonhos, obedecendo a leis específicas que os regem. À medida que você se aprofunda nesses corpos, seus sonhos vão se tornando mais sutis, reais e abrangentes. Por isso foi mencionado que esse sonho que Hug tivera talvez tenha vindo da terceira dimensão do sonhar, ou seja, do corpo astral, por meio do qual você pode viajar no espaço e no tempo.

Aquela imensidão de águas escuras esverdeadas, um monstruoso corpo vivo em constante movimento e com vontade própria, provocava uma mescla de admiração e medo.

A noite foi caindo muito rapidamente, e o homem intuitivamente pensou em abandonar a pequena embarcação e buscar abrigo em terra. Porém, aquele era seu mundo. Por mais que quisesse, não conseguia deixá-lo, mesmo porque já era tarde e não dava mais tempo de desembarcar, pois a dominância do breu já se fazia presente.

Então, nada mais havia para ser feito. O homem distraiu-se com a beleza da matéria, com a força e com o poder do oceano, e não percebeu que a noite caía e engolia tudo em sua escuridão. Agora não havia mais saída: o dia não voltaria e a proteção em terra também não poderia ser alcançada.

Diante dessa constatação, o homem angustiou-se ao perceber que não havia mais retorno. Todo o seu conhecimento, inteligência e preparo, que fizeram dele uma pessoa de destaque, rica e poderosa, não mais podiam auxiliá-lo naquele momento. Por isso, ele entrou em desespero, tentando em vão sair daquela situação.

Aquele sonho conversava com Hug e lhe dizia que aquele homem representava cada um de nós, inclusive ele mesmo, e um dia na embarcação era uma vida inteira passada na Terra. O barco era o porto seguro, um reduzido local que pode ser entendido por pequenas e ilusórias ilhas de segurança representadas talvez pela família, pelo emprego, pelas finanças, às vezes pelo corpo físico ou por algum atributo especial, capacidade, qualidade ou dom.

O sonho se desnudava diante dos olhos de Hug. Ele compreendia aquelas mensagens oníricas, pois também havia perdido boa parte de sua vida buscando esses chamados "portos seguros", por meio da pseudoestabilidade de um bom emprego, da paz que poderia advir de um relacionamento, da respeitabilidade que achava que teria por ser membro de uma igreja ou por meio da independência que poderia ser adquirida com o acúmulo de dinheiro.

Nota do autor

Entrego à degustação do leitor o início do primeiro capítulo da segunda parte da tríade avana, transcrito acima, a fim de dar uma mostra de que as aventuras de Hug, assim como a própria vida, continuam em processo expansivo e dinâmico, surpreendendo-o a cada curva da existência.

Mergulhar na holografia avana é como cortar o véu da ilusão, abrindo o sentir para novas e improváveis realidades. É fazer a junção do observador e do observado, assumindo assim sua verdadeira condição de criador da criatura e, por extensão, criador do próprio universo. É um estado meditativo que, quando atingido, o levará a superá-lo, alcançando o infinito eterno, reserva universal do verdadeiro amor.

Hug está por lá e nos convida a nos juntarmos a ele.

Referências

Baillet, A. *La vie de monsieur Descartes*. Paris: Éditions Des Malassis, 2012.

Berger, P. L. & Luckmann, T. *The social construction of reality: a treatise in the sociology of knowledge*. Garden City, NY: Anchor Books, 1966.

Capra, F. *O Tao da Física: uma análise dos paralelos entre a Física Moderna e o Misticismo Oriental*. 28ª reimpressão da 10 ed. São Paulo: Cultrix, 1995.

Castañeda, C. *O fogo interior*. Rio de Janeiro: Record, 1984.

Chopra, D. *Efeito sombra*. São Paulo: Lua de Papel, 2010.

Christakis, N. A. & Fowler, J. H. *O poder das conexões: a importância do networking e como ele molda nossas vidas*. Rio de Janeiro: Elsevier Campus, 2010.

Hawking, S. *O Universo numa casca de noz*. Rio de Janeiro: Nova Fronteira, 2001.

Kafka, F. *A metamorfose*. São Paulo: Companhia das Letras, 2013.

Kapleau, P. *Os três pilares do Zen*. Belo Horizonte: Itatiaia, 1978.

Krishnamurti, J. *Liberte-se do passado.* 16ª ed. São Paulo: Cultrix, 2005.

Morin, E. *La tetê bien faite: repenser la reforme, repenser la pensée.* Paris: Seuil, 1999.

Osho. *Consciência: a chave para viver em equilíbrio.* São Paulo: Cultrix, 2001.

Pert, C. *Conexão mente corpo espírito.* São Paulo: Prolíbera, 2009.

Rajneesh, B. S. *Do sexo à supraconsciência.* São Paulo: Cultrix, 1979.

Seaton, J. P. & Hamill, S. *Chuang Tzu: ensinamentos essenciais.* São Paulo: Cultrix, 2000.

Talbot, M. *O universo holográfico.* São Paulo: Best Seller, 1991.

Toole, E. *O poder do agora.* Rio de Janeiro: Sextante, 2002.

Yogananga, P. *Autobiografia de um Iogue.* Brasil: Self-Realization Fellowship, 2008.

Zohar, D. *O ser quântico.* 19ª ed. Rio de Janeiro: Best Seller, 2012.